宋词选粹

大世界

崔钟雷 主编

吉林美术出版社|全国百佳图书出版单位

图书在版编目（CIP）数据

宋词选粹 / 崔钟雷主编．—长春：吉林美术出版社，2010.8（2022.1 重印）

（小书本大世界）

ISBN 978－7－5386－4553－8

Ⅰ.①宋… Ⅱ.①崔… Ⅲ.①宋词－青少年读物
Ⅳ.①I222.844

中国版本图书馆 CIP 数据核字（2010）第 146494 号

策　　划：钟　雷
责任编辑：栾　云

宋词选粹

主　编：崔钟雷　副主编：王丽萍　刘　超　张校华

吉林美术出版社出版发行
长春市人民大街 4646 号
吉林美术出版社图书经理部（0431－86037896）
网址：www.jlmspress.com
北京一鑫印务有限责任公司

开本 787×1092 毫米 1/16　印张　11　字数　100 千字
2010 年 8 月第 1 版　2022 年 1 月第 4 次印刷
ISBN 978－7－5386－4553－8
定价：35.80 元

前言

漫步书山，畅游学海，纵观几千年的中华文明，其历史源远流长，其内涵博大精深，而国学经典就像一条坚韧的纽带，将形形色色、方方面面的中华文明串联在一起，幻化出千般华彩、万种风流的圣贤智慧。

儒家倡导人与人之间的仁德之爱，道家追求人与自然的和谐之法，法家主张赏罚分明的管理之术，墨家宣扬“兼爱交利”的文化精神，兵家阐发“避实击虚”的处世哲学，诗词歌赋则是字里行间都流露着缥缈绵长的韵姿。“与经典同行，与圣贤为友”，这些跋涉千年的文化瑰宝，必定积淀为普遍的民族心理。

这套“小书本大世界”丛书虽不能尽收经典华章，却由衷地表达了我们对祖先的敬意，从编辑体例的设计到典籍内容的吸收，都经过反复斟酌，全面考证，力求完善。但是由于学养和能力的不足，可能还存在许多不尽如人意之处，在此恳请广大读者给予指点和帮助！

目录

燕山亭 赵佶

▶原文

北行见杏花

裁剪冰绡，轻叠数重，淡著胭脂匀注。新样靓妆，艳溢香融，羞杀蕊珠宫女[①]。易得凋零，更多少无情风雨。愁苦。问院落凄凉，几番春暮。

凭寄离恨重重，者双燕，何曾会人言语。天遥地远，万水千山，知他故宫何处。怎不思量，除梦里有时曾去。无据。和梦也新来不做。

▶注释

①蕊珠宫女：道教传说中天上有蕊珠宫。陆游："曾散天花蕊珠宫，一念堕尘中。"在唐宋诗词中常用做美丽仙女的代称。

▶译文

你重叠的花瓣多么轻巧，如同层层叠叠冰清玉洁的缣绸，又均匀地敷上淡淡的胭脂。你打扮得新奇艳丽，光彩照人，芳香浓郁，蕊珠宫的仙女和你相比，都羞惭得无地自容。可叹你容易凋零，更有多少无情的风雨折磨着你。我的心满是愁苦，那旧日的院落该是多么地凄凉？它又挨过了几度冷寂的春暮？

想寄托我的重重离恨，但这双飞的燕子又哪里懂得人间的言语？天地遥远无际，阻隔着万水千山，又怎么知道旧时的宫殿究竟在何处？怎能不深深怀想，却只有梦魂偶然归去。一切都无凭无据，近来连梦也不能梦到。

渔家傲　范仲淹

▶原文

塞下秋来风景异，衡阳雁去无留意[①]。四面边声[②]连角起。千嶂里，长烟落日孤城闭。

浊酒一杯家万里，燕然未勒归无计。羌管悠悠霜满地。人不寐，将军白发征夫泪。

▶注释

①"衡阳"句：庾信《和侃法师三绝》诗："近学衡阳雁，秋分俱渡河。"湖南衡阳旧城南有回雁峰，相传雁至此不再南飞。王象之《舆

地纪胜》卷五十五《荆湖南路·衡州》载："回雁峰在州城南。或曰：'雁不过衡阳。'或曰：'峰势如雁之回。'"

②边声：边地的悲凉之声。李陵《答苏武书》："侧耳远听，胡笳互动，牧马悲鸣，吟啸成群，边声四起。"

▶译文

秋天来临，边塞风光凄凄，不似中原风景美丽，鸿雁毫不留恋这荒凉的地方，一群群急着向衡阳飞去。军中号角一吹，四面八方的胡笳声、马嘶声也随之此起彼伏。在层层山峰的环抱中，一缕烽烟笔直地升向天际，落日时分，暮霭沉沉，孤城重门紧闭。

浊酒一杯，我不由得想起了远隔万里的家乡，不曾破敌立功，还不知何时归去。羌笛声清越悠扬，月色如霜洒满大地。漫漫长夜将士们难以入睡，将军愁白了头发，士兵们流下了思乡泪。

苏幕遮　范仲淹

▶原文

碧云天，黄叶地，秋色连波，波上寒烟翠。山映斜阳天接水，芳草无情，更在斜阳外。

黯乡魂[①]，追旅思[②]，夜夜除非，好梦留人睡。明月楼高休独倚，酒入愁肠，化作相思泪。

▶注释

①黯乡魂：由于苦苦思念家乡而颓丧。
②追旅思：背井离乡的愁思恨意缠绕不休。

▶译文

碧空飘着白云，黄叶落满大地。秋色接连着水波，水上凝成一片翠色的寒烟。斜阳映山，远水接天，芳草牵动我的离愁，无情地延伸到斜阳之外。

思念家乡令我黯然神伤，纠缠不休的是那羁旅的愁闷。每一个夜晚，只有归去的梦能带给我片刻的安慰。明月皎洁，不要登上那高楼去远望，滴滴醇酒才饮入愁肠，就化成相思的泪滴。

御街行 范仲淹

▶原文

纷纷坠叶飘香砌[1]。夜寂静，寒声碎。真珠帘卷玉楼空，天淡银河垂地。年年今夜，月华如练，长是人千里。

愁肠已断无由醉，酒未到，先成泪。残灯明灭枕头敧，谙尽孤眠滋味。都来此事，眉间心上，无计相回避。

▶注释

①飘香砌：飘散着花草香味的石阶。

▶译文

纷纷凋零的树叶飘向石阶，寒夜一片静寂，只听见风吹落叶细碎的声音。珠帘高卷，人去楼空，天色清明，银河斜垂到地。年年今夜，月色都如白色的缎带一般皎洁，只是人常常远隔千里。

我如何能用沉醉来忘却，酒未到寸断的愁肠，就先变成泪水。深夜里残灯忽明忽暗，斜靠枕头，我尝尽孤枕难眠的滋味。你看这离愁别绪，不是在眉间，就是潜入心底，让我无法回避。

千秋岁 张先

▶原文

数声鶗鴂①，又报芳菲歇。惜春更把残红折。雨轻风色暴，梅子青时节。永丰柳②，无人尽日花飞雪。

莫把幺弦拨，怨极弦能说。天不老，情难绝。心似双丝网，中有千千结。夜过也，东窗未白凝残月。

▶注释

①鶗鴂：鸟名，此鸟在春末啼鸣。屈原《离骚》："恐鶗鴂之先鸣兮，使夫百草为之不芳。"

②永丰柳：凄冷清凉的柳树。白居易《杨柳枝》："永丰西角荒园里，尽日无人属阿谁？"

▶译文

鶗鴂鸣叫几声，像是告知人们美好的春光又将过去。满怀惜春的情意，我特意把开败的花枝攀折。细雨蒙蒙，风却狂暴，正当梅子泛青的时节。庭院寂寞无人，每日只见杨柳飞花如雪。

不要去拨弄纤弱的幺弦，幺弦怨极，必然发出倾诉不平的最强音。天既然不会老，这情思也就难以断绝，我的心就像一张双丝结成的网，有千万个结。夜晚过去了，曙光还未映上东窗，残月犹明。

一丛花 张先

▶原文

伤高怀远几时穷？无物似情浓。离愁正引千丝乱，更东陌、飞絮蒙蒙。嘶骑渐遥，征尘不断，何处认郎踪！

双鸳池沼水溶溶，南北小桡[1]通。梯横画阁黄昏后，又还是、斜月帘栊。沉恨细思，不如桃杏，犹解[2]嫁东风。

▶注释

①桡：船桨，指代船。

②解：懂得。

▶译文

登高怀念远方情人的相思之愁几时才能穷尽？世间没有任何事物浓烈得胜过感情。离愁正使我心乱如千条丝缕，东边道路上又飞着蒙蒙柳絮。那嘶叫的马儿渐渐远去，只看见扬起阵阵尘沙，迷茫中我分辨不清他的踪迹。

池塘里春水溶溶，鸳鸯双双嬉戏，小舟可通南北。扶梯横斜，黄昏后，画阁还是一样，仍是明月斜照帘子和窗棂。满怀怨恨的我细细思量，真不如桃花杏花，还懂得嫁给东风。

浣溪沙 晏殊

▶原文

一曲新词酒一杯，去年天气旧亭台。夕阳西下几时回？

无可奈何花落去，似曾相识燕归来。小园香径[1]独徘徊。

▶注释

①香径：弥漫着花香的小路。

▶译文

我饮一杯美酒，听一曲新歌，依然像去年那样的天气，依然是旧日的亭台楼阁。夕阳西沉，几时才能东升？

花自飘零，我万般无奈，似曾相识的燕子却已归来。在寂寞的庭院中，在满是花香的小路上，我久久地独自徘徊。

浣溪沙 晏　殊

▶原文

一向年光有限身，等闲离别易销魂。酒筵歌席莫辞频。

满目山河空念远，落花风雨更伤春。不如怜取眼前人[1]。

▶注释

①眼前人：这里指筵席上的歌女。崔莺莺诗：“还将旧来意，怜取眼前人。”出自元稹《会真记》。

▶译文

光阴是那样短促，一生的时间实在有限，平常的离别也容易令人销魂。既然离别使人如此无奈，何不及时行乐，对酒当歌，不要因宴会频繁而推辞。

放眼辽阔的河山，徒然地怀念远别的亲友。看到风雨摧落了繁花，更令人感伤春光易逝。不如去参加酒筵歌席，好好爱怜眼前的歌女。

清平乐 晏　殊

▶原文

红笺小字，说尽平生意。鸿雁在云鱼在水，惆怅此情难寄。

斜阳独倚西楼，遥山恰对帘钩。人面[1]不知何处，绿波依旧东流。

▶注释

①人面：心爱的人的面影。唐代崔护《题都城南庄》：“去年今日此门中，人面桃花相映红。人面不知何处去，桃花依旧笑春风。”

▶译文

红色信笺写满密密的小字，说尽平生相思的情意。鸿雁在云间高飞，鱼儿在水中浮沉，令人惆怅啊，我这一片情意难以传递。

斜阳中我独倚西楼，远山恰恰对着我闲挂的帘钩。美丽的她不知今在何处？绿波却依旧日夜东流。

木兰花　晏殊

▶原文

燕鸿过后莺归去，细算浮生千万绪。长于春梦几多时？散似秋云无觅处[1]。

闻琴[2]解佩[3]神仙侣，挽断罗衣留不住。劝君莫作独醒人，烂醉花间应有数。

▶注释

①“长于”、“散似”两句：是从唐代白居易《花非花》诗“来如春梦几多时？去似朝云无觅处”化来。

②闻琴：指汉代卓文君与司马相如的故事。文君新寡，司马相如用琴挑之，文君当夜与相如私奔。

③解佩：用江妃二女事。江妃二女在江汉之滨遇上郑交甫，见而悦之，遂解佩赠郑。（见《列仙传·江妃二女》）

▶译文

燕子春天自南方来，鸿雁春天往北方飞，黄莺也已归去。仔细思量，人生漂浮不定，真是千头万绪。浮生一世，能够沉醉于春梦般的生活中又有多久？而梦就像吹散的秋云无处寻觅。

她似是知音的文君，又仿佛解佩的仙侣。但我却留不住她，哪怕是挽断罗衣。我不要再做独醒的人，命中注定我该烂醉花底。

玉楼春　晏殊

▶原文

绿杨芳草长亭路，年少抛人容易去。楼头残梦五更钟，花底离愁三月雨。

无情不似多情苦，一寸①还成千万缕。天涯地角有穷时，只有相思无尽处。

▶注释

①一寸：指愁肠。

▶译文

在长满绿杨芳草的长亭路上，那少年轻易地弃我而去。同他相会的残梦依稀，楼头钟敲五更，把人惊起。繁花在三月的雨中憔悴，像是带着离恨的心绪。

无情不像多情这样愁苦，我的心化作千万缕愁绪。天涯海角纵然遥远，到底还有边际，我对他的思念啊，却永远无穷无尽。

踏莎行　晏　殊

▶原文

祖席离歌，长亭别宴。香尘[1]已隔犹回面。居人[2]匹马映林嘶，行人去棹依波转。

画阁魂消，高楼目断。斜阳只送平波远。无穷无尽是离愁，天涯地角寻思遍。

▶注释

①香尘：充满落花香味的尘土，表明已是春末。

②居人：指送行者。

▶译文

酒席上唱着离别之歌，长亭里安排下饯行的酒席。带着落花芬芳的尘土飞扬，遮挡了我们的视线，彼此依然频频回顾，无限留恋。那马也像了解送行者的心意，在树林的掩映中嘶鸣，出行人离去的船随着江波回旋。

画阁里我黯然神伤，独倚高楼含愁极望。怨斜阳只会任由平波送远，不懂把人留住。心头是无穷无尽的离愁，天涯海角思量不断。

采桑子　欧阳修

▶原文

群芳过后西湖好，狼藉残红，飞絮濛濛，垂柳阑干尽日风。

笙歌散尽游人去，始觉春空，垂下帘栊[1]，双燕归来细雨中。

▶注释

①帘栊：带帘子的窗户。

▶译文

百花开过，西湖别是一番好景，落英缤纷，遍地残红，柳絮轻飞如细雨迷蒙，栏杆边垂柳千万缕，终日摇曳在春风中。

热闹的乐曲和歌声渐渐散去，熙熙攘攘的游人也已散尽，我这才感到暮春的空静寂寞。回到居室，垂下我的窗帘，闲看绵绵细雨中归来的双燕。

踏莎行 欧阳修

▶原文

候馆[1]梅残，溪桥柳细，草薰风暖摇征辔。离愁渐远渐无穷，迢迢不断如春水。

寸寸柔肠，盈盈粉泪，楼高莫近危阑倚。平芜[2]尽处是春山，行人更在春山外。

▶注释

①候馆：旅舍。

②平芜：平旷的草地、原野。

▶译文

旅舍边的梅花已经开过了，只剩下几朵残英；溪畔桥头，杨柳刚抽出细嫩的枝叶。绿草在暖风中散发着芳香，春光荡漾中，远行的人轻摇马缰悠然前行。离家渐远，心中的离愁却步步加深，最终如这迢迢春水无穷无尽。

遥想闺中人寸寸柔肠，一定千回百转，伴着脂粉的眼泪长流不断。你千万不要在高楼独自凭栏远望，那平旷的草地尽头是重叠连绵的春山，你思念的人更远在春山之外。

蝶恋花 欧阳修

▶原文

庭院深深深几许？杨柳堆烟，帘幕无重数。玉勒雕鞍[①]游冶处，楼高不见章台路[②]。

雨横风狂三月暮。门掩黄昏，无计留春住。泪眼问花花不语，乱红飞过秋千去。

▶注释

①玉勒雕鞍：借指华贵的车马。

②章台路：汉代长安有章台街，为妓女聚居地，后遂以它作为妓女住地的代称。它亦即上句之“游冶处”。

▶译文

庭院深深，有多幽深？浓密的杨柳像是笼着层层雾气，又像数不清的重重帘幕。乘着华丽的车马的人正在游乐。我登上高楼极目远眺，却望不见章台路。

雨那么凶猛，风这样狂暴，正当三月春暮。黄昏时掩门独坐，深恨不能把春光留住。我含泪的眼睛询问着花朵，花朵却默然不语，又凌乱地片片飘落，随风飞过秋千而去。

鹊踏枝 冯延巳

▶原文

谁道闲情抛弃久？每到春来，惆怅还依旧。日日花前常病酒，不辞镜里朱颜瘦。

河畔青芜[①]堤上柳，为问新愁，何事年年有？独立小桥风满袖，平林新月人归后。

▶**注释**

①青芜：青草。

▶**译文**

谁说我早已摆脱了闲情愁绪的困扰？每当春来到，内心的惆怅依旧。天天对着容易凋落的繁花，常常喝下过量的酒，没想到镜中的我因伤春而容颜消瘦。

河畔芳草青青，堤上杨柳依依，为什么我心中的愁绪总随着它们年年常新？我独自在小桥上久久伫立，任清风吹拂衣袖，看行人渐渐散尽，一弯新月在旷野边际的丛林上空升起。

玉楼春 欧阳修

▶**原文**

别后不知君远近，触目凄凉多少闷。渐行渐远渐无书，水阔鱼沉[1]何处问。

夜深风竹敲秋韵，万叶千声皆是恨。故欹单枕梦中寻，梦又不成灯又烬。

▶**注释**

①鱼沉：意是没有书信传来。乐府《饮马长城窟行》："客从远方来，遗我双鲤鱼。呼儿烹鲤鱼，中有尺素书。"古人认为鱼可传送书信。

▶**译文**

别后不知你去了何方，是远是近，满眼望去只觉得景色凄凉，我的心中多么愁闷！你渐渐远去，日渐得不到你的音信，河水浩渺无边，鱼儿踪影不见，我能到哪里去询问？

夜已深沉，西风敲击翠竹，弹着秋天哀切的音韵，万叶千声，全都是离愁别恨。我特地斜靠着孤枕，想在梦中把你找寻，可叹梦难成，残灯又燃成灰烬。

浪淘沙 欧阳修

▶原文

把酒祝东风，且共从容①，垂杨紫陌②洛城东。总是当时携手处，游遍芳丛。

聚散苦匆匆，此恨无穷。今年花胜去年红。可惜明年花更好，知与谁同？

▶注释

①从容：流连。唐代郑谷《叙事感恩上狄右丞》诗："庾公垂顾遇，王粲许从容。"

②紫陌：京城郊外的道路。唐代贾至《早朝大明宫》诗："银烛朝天紫陌长，禁城春色晓苍苍。"

▶译文

我举起酒杯向东风祝告，请暂且留步，不要去得飞快。在洛阳城东的郊外，绿柳成荫，景色迷人。所有美丽的地方，我们都曾携手共游，一同赏遍了那里芳香的花卉。

苦叹聚散总是那样匆忙，由此而产生的离愁别绪无限。今年的花比去年开得更加鲜艳，可惜只有我独自流连。明年的花或许开得更好，却不知能和谁一起赏玩？

曲玉管　柳永

►原文

陇首云飞，江边日晚，烟波满目凭阑久。一望关河萧索，千里清秋，忍凝眸？

杳杳神京，盈盈仙子，别来锦字终难偶①。断雁无凭，冉冉飞下汀洲，思悠悠。

暗想当初，有多少、幽欢佳会，岂知聚散难期，翻成雨恨云愁？阻追游。每登山临水，惹起平生心事，一场消黯，永日无言，却下层楼。

►注释

①锦字：用锦织成的字。《晋字·窦滔妻苏氏传》："……名蕙，字若兰，善属文。滔，苻坚时为秦州刺史，被徙流沙。苏氏思之，织锦为

回文璇玑图诗以赠滔。宛转循环以读之，词甚凄婉。”难偶：难以相聚。

▶译文

山头轻云飘荡，江边日色渐晚，满目烟波，我久久地独自凭栏。唯见山河萧索，凄凉的秋色绵延千里，这情景又使我怎忍凝神观望。

遥远的京城，有我那如同仙女般美丽多情的爱人，可是自从和她分别之后，一直没能收到她的书信，重逢的心愿也总难实现。天边一只离群的孤雁，缓缓地飞向水中小洲，勾起了我悠悠的思绪。

我暗暗地回想，当初曾有过多少令人欢娱的约会。谁知聚散总难预计，只留下满怀的离愁别绪。我不愿再去漫游，每当我登山临水试图排解忧愁，反惹起平生心事和一场感伤哀愁，就像这样整日缄默无言，闷闷地走下高楼。

雨霖铃 柳 永

▶原文

寒蝉凄切。对长亭晚，骤雨初歇。都门帐[①]饮无绪，留恋处、兰舟催发。执手相看泪眼，竟无语凝噎。念去去、千里烟波，暮霭沉沉楚天阔。

多情自古伤离别，更那堪冷落清秋节！今宵酒醒何处？杨柳岸、晓风残月。此去经年，应是良辰好景虚设。便纵有千种风情，更与何人说？

▶注释

①都门帐：京都城门外的帐幕。

▶译文

寒蝉的鸣声早已是一片凄切，更何况暮色笼罩着长亭，一场骤雨刚刚停歇。在京城郊外饯别的宴会上，你我都没有情绪，正是最后的流连时刻，开船的呼唤又在催我快走。我们彼此紧握双手，一双泪眼凝望着另一双泪眼，万千言语，竟然哽塞在喉间。远去了，远去了，我的小舟将浮游于千里烟波之外，当黄昏的云霭低压在水际，只有我独自一人，伴同着南方空茫的天宇。

多情的人自古就感伤别离，又哪里能忍受这萧瑟冷落的秋季！今宵酒醒时我将栖身何地？想来将是几缕晨风、一弯残月，杨柳依依的岸边。这一去年复一年，良辰美景从此就形同虚设。纵然有千万种深情蜜意，又能向谁去诉说？

蝶恋花 柳永

▶原文

伫倚危楼风细细，望极春愁，黯黯生天际。草色烟光残照里，无言谁会凭阑意。

拟把疏狂图一醉，对酒当歌，强乐还无味。衣带渐宽终不悔，为伊消得[①]人憔悴。

▶注释

①消得：值得，能忍受得了。崔涂《夷陵夜泊》诗：“一曲巴歌半江月，便应消得二毛生。”用同义。

▶译文

细细和风，我久久伫立在高楼上，极目遥望，满眼暮春残景，凄切的离愁别绪仿佛从天边悄然而生。当青青草色、蒙蒙烟霭沐浴在夕阳的余晖里，我默默无言，有谁能领会我凭栏时的心意？

我真想从此疏放狂荡，在沉醉中求得忘记。但无论是饮甘醇的酒，还是听美妙的歌曲，勉强行乐，实在觉得乏味。唉，纵然衣带渐宽，我也决不懊悔，那可爱的人，值得我为了她消瘦憔悴。

采莲令 柳 永

▶原文

月华收，云淡霜天曙。西征客、此时情苦。翠娥[①]执手，送临岐、轧轧开朱户。千娇面、盈盈伫立，无言有泪，断肠争忍回顾？

一叶兰舟，便恁急桨凌波去。贪行色、岂知离绪。万般方寸，但饮恨、脉脉同谁语？更回首、重城不见[②]，寒江天外，隐隐两三烟树。

▶注释

①翠娥：就是翠蛾，原指女子的眉，形状像蛾，以黛色涂点，故名。这里指美人，唐代白居易《李夫人》诗："翠娥仿佛平生貌，不似昭阳寝疾时。"

②重城不见：化用欧阳詹"高城已不见，况复城中人"。

▶译文

月亮收敛起光华，白云疏淡，寒冷的秋空渐露曙光。远征西行的游子，此时心情正苦。亲爱的人执手送我上路，轧轧地打开朱红色的大门。千娇百媚的她，姣好的身躯久久伫立在道路旁。没有一句话，只有万点泪，愁肠已断的我，怎忍再回头看她？

无情的客船就这样迅疾地顺流而去。小舟只知道及早赶路，哪里懂得人心里有万种情思、千般离情。我只有默默地忍受着痛苦，脉脉柔情又能向谁倾诉？当我在舟中频频回顾，城郭早已不见，只有寒气逼人的江天之际隐约地矗立着几株晓烟笼罩的高树。

少年游 柳永

▶原文

长安古道马迟迟，高柳乱蝉嘶。夕阳鸟外，秋风原上，目断四天垂。

归云[①]一去无踪迹，何处是前期？狎兴[②]生疏，酒徒萧索，不似去年时。

▶注释

①归云：借喻已经消逝、不可重现的事物。

②狎兴：游冶的兴致。

▶译文

我骑着马儿缓缓行走于长安古道，高高的柳树上寒蝉悲切地乱叫。飞鸟隐没在长空之外，而夕阳之隐没则更在飞鸟之外，平原上秋风凄凄，极目望去，苍茫的天幕四面垂向大地。

世间万物像白云般一去就再

没有踪迹，我能到哪儿去寻找从前约定的佳期？游历的兴致早就冷却，酒朋诗友也零落无几，一切都已成为过去。

玉蝴蝶 柳永

▶原文

望处雨收云断，凭阑悄悄，目送秋光。晚景萧疏，堪动宋玉悲凉。水风轻、蘋花渐老，月露冷、梧叶飘黄。遣情伤。故人何在，烟水茫茫。

难忘。文期酒会，几孤风月，屡变星霜。海阔山遥，未知何处是潇湘①！念双燕、难凭音信，指暮天、空识归航。黯相望。断鸿声里，立尽斜阳。

▶注释

①潇湘：原是潇水、湘水的合称，后泛指人所思之处。这里指友人所在之地。

▶译文

天边雨收云散，我独自凭栏，忧愁地目送秋光。面对黄昏的萧疏秋景，引得心情像宋玉一样悲凉。秋风轻轻地吹拂着水面，白蘋花渐老；月寒露冷，梧桐叶片片枯黄飘落，这景象真令人感伤。故人今在何处？唯见烟笼江水迷迷茫茫。

过去以文相聚、以酒相会的日子，我总是难以淡忘。这些年，辜负了多少清风明月，又度过了多少凄凉的时光！海阔山遥，我思念的人究竟在哪里？想这双飞的燕子，实在难以把书信寄上，徒留我在黄昏中，空自辨认天边熟识的归航。可千帆过尽，却没有一条船载着故人归来。我心绪黯然，向远方凝望，在孤雁的哀鸣声中，久久地伫立，直到夕阳西下。

八声甘州 柳 永

▶原文

对潇潇暮雨洒江天，一番洗清秋。渐霜风凄紧，关河冷落，残照当楼。是处红衰翠减①，苒苒物华休。惟有长江水，无语东流。

不忍登高临远，望故乡渺邈，归思难收。叹年来踪迹，何事苦淹留？想佳人妆楼颙望，误几回、天际识归舟。争知我，倚阑干处，正恁凝愁！

▶注释

①红衰翠减：花残叶枯，景色萧索。唐代李商隐《赠荷花》诗：

"此荷此叶常相映，翠减红衰愁煞人。"

▶译文

看潇潇暮雨洒满江天，洗出澄澈空阔的清秋。西风渐渐凄切，关隘与航道也日益静寂，只有残阳正照楼头。四处红花凋零，绿叶衰萎，芳华的景物慢慢到了生命的尽头。唯有长江水，亘古不变地无语东流。

我不忍心再登高眺望，故乡遥远，思归的心愿却难以收敛。感叹我连年奔走，究竟为了什么长久地在异地滞留？遥想伊人，在妆楼苦苦地遥望，有多少次，错认了天边的归舟。她哪里知道，倚栏的此刻，我心中，正郁结着无限哀愁。

桂枝香 王安石

▶原文

登临送目，正故国晚秋，天气初肃。千里澄江似练，翠峰如簇。征帆去棹残阳里，背西风酒旗斜矗。彩舟云淡，星河鹭起[1]，画图难足。

念往昔，繁华竞逐，叹门外楼头，悲恨相续。千古凭高对此，谩嗟荣辱。六朝旧事随流水，但寒烟衰草凝绿。至今商女，时时犹唱，《后庭》遗曲。

▶注释

①星河鹭起：星河指银河，喻指长江。金陵长江中有白鹭洲，这里作者将地名活化。

▶译文

我登上高高的山头，面对滔滔的江水极目远望，天气渐渐变得萧索凄清，故都正值晚秋时节。千里长江澄清得像一条绸带，苍翠的山峰如箭头般簇拥攒聚。斜阳中，船只穿梭来去，背对西风，酒家斜斜地插着酒旗。五彩的船帆仿佛浮游于云端，白鹭就像从银河翩然飞起。纵有多彩的笔，也难把山河画得这样清丽。

感念往昔岁月，人们在此地争着追求繁华奢靡的生活，可叹隋兵来到了门外，陈后主和妃子还在楼头酣饮，亡国的悲愤一代代不断地延续。我凭高面对着历史遗迹，空自叹息千古的荣辱兴废。六朝旧事随流水去而不返，现在仅能看到暮烟衰草凝成一片寒绿。到今天，歌女依然时时唱着前朝《玉树后庭花》的歌曲。

生查子 晏几道

▶原文

关山魂梦长，鱼雁音书少。两鬓可怜青，只为相思老。

归梦碧纱窗，说与人人①道："真个别离难，不似相逢好。"

▶注释

①人人：对心上人的昵称。

▶译文

关山遥远，只有梦魂能够越过，那远在塞外的亲人难以寄家信回来。可怜我两鬓青丝，却因相思而变得斑白。

有一天如果我归去，和她同倚在青碧的纱窗下，我将对心爱的人说："最令人难过的是别离，不如我们长久地相守在一起。"

玉楼春　晏几道

▶原文

东风又作无情计，艳粉娇红①吹满地。碧楼帘影不遮愁，还似去年今日意。

谁知错管春残事，到处登临曾费泪。此时金盏直须深，看尽落花能几醉！

▶注释

①艳粉娇红：指红粉、胭脂等女性化妆品，经常代指美女。这里借喻花卉。

▶译文

东风又无情地算计着断送春天，将艳丽娇柔的春花吹落满地。这情景我不忍目睹，碧楼上垂下重重帘幕，但它依然遮不住我的忧愁，我还是像去年一样愁苦。

谁知道为什么偏要去管春残的闲事！到处登山临水，曾经空费了多少眼泪！我就要频频斟满酒杯，眼看繁花飘飞将尽，还能有几番沉醉！

阮郎归　晏几道

▶原文

旧香残粉似当初，人情恨不如。一春犹有数行书，秋来书更疏。

衾凤[1]冷，枕鸳孤。愁肠待酒舒。梦魂纵有也成虚，那堪和梦无？

▶注释

①衾凤：即凤衾，绣着凤凰的被子。

②枕鸳：即鸳枕，绣着鸳鸯的枕头。

▶译文

她残留的脂粉，依旧像从前一样芳香四溢，可是她的情意已经比不上当初。这个春天里她还寄来短短的书信，入秋后，书信却越来越少了。

绣着凤凰的锦被冷冷清清，绣着鸳鸯的枕头孤孤单单。我百转愁肠，只有沉于酒乡才能舒解。梦里纵然能够相会，也不过是一场虚妄，谁知连梦里你都不来到我的身边。

御街行 晏几道

▶原文

街南绿树春饶絮，雪满游春路。树头花艳杂娇云，树底人家朱户。北楼闲上，疏帘[1]高卷，直见街南树。

阑干倚尽犹慵去，几度黄昏雨。晚春盘马[2]踏青苔，曾傍绿阴深驻。落花犹在，香屏空掩，人面知何处？

▶注释

①疏帘：帘有缝，故有疏密之分。

②盘马：骑马盘旋。

▶译文

街南一丛丛绿树，晚春时纷纷飘絮，游春的道路上如洒满了白雪。树头朵朵艳丽的花，夹杂着天边娇艳的彩云，树底下有一户朱红色大门的人家。我登上北楼，把疏帘高高卷起，向街南的绿树凝神望去。

我倚着栏杆不忍离去，多少次在黄昏的微雨中独立。记得从前，也是这样的暮春，我骑着马在青苔路上盘旋，也曾经傍着绿荫，长久地流连。如今，落花依旧，屏风空掩，伊人却不知身在何处？

虞美人[①] 晏几道

▶原文

曲阑干[②]外天如水，昨夜还曾倚。初将明月比佳期，长向月圆时候望人归。

罗衣著破前香在，旧意谁教改？一春离恨懒调弦，犹有两行闲泪宝筝前。

▶注释

①虞美人：唐教坊曲名，后用为词牌。正体为双调五十六字。

②曲阑干：曲折回廊上的栏杆。阑干，同栏杆。

▶译文

回廊上弯曲的栏杆外，水天一色，澄澈蔚蓝，昨夜我还曾独自凭栏。最初，我总把明月比作团聚的佳期，常在月圆时，一次次盼望他能够归来。

我的丝绸衣服虽已穿破，他的气息却依然残留，旧日的情意又如何能够改变？这春天里我被离恨折磨，懒得去调理丝弦，却仍将两行热泪洒于筝前。

思远人① 晏几道

▶原文

红叶黄花②秋意晚，千里念行客。飞云过尽，归鸿无信，何处寄书得？

泪弹不尽临窗滴。就砚旋研墨。渐写到别来，此情深处，红笺为无色。

▶注释

①思远人：词牌名，双调五十二字。

②黄花：菊花。

▶译文

林叶转红，菊花开遍，凄清的晚秋时节，我把远隔千里的行客怀念。天边飘过飞云片片，归雁也没有带回音信，待要写信，却不知寄往何处？

临窗遥望南天，我伤心的眼泪弹落不尽，且就石砚把墨研。渐渐写到分别后的一片深情，泪与墨湿透了信笺，纸上的红色全都褪尽。

水调歌头　苏　轼

▶原文

丙辰[①]中秋，欢饮达旦，大醉，作此篇。兼怀子由[②]。

明月几时有？把酒问青天。不知天上宫阙，今夕是何年。我欲乘风归去，又恐琼楼玉宇，高处不胜寒。起舞弄清影，何似在人间！

转朱阁，低绮户，照无眠。不应有恨，何事长向别时圆？人有悲欢离合，月有阴晴圆缺，此事古难全。但愿人长久，千里共婵娟[③]。

▶注释

①丙辰：这里指宋神宗熙宁九年。

⑦子由：苏轼之弟苏辙，字子由。

③婵娟：此处指美好的月亮。据唐孟郊《婵娟篇》："月婵娟，真可怜。"

▶译文

宋神宗熙宁九年的中秋节，我通宵喝酒，直到大醉后写了此词，同时怀念我的兄弟。

这样的明月几时曾有？我高举酒杯，询问着广阔的天空。不知天上神仙的宫中，今夜是何年何月？我多想乘风飞归天边，却又怕琼楼玉宇碧空高悬，我这平凡的身躯禁不住高处的凄寒。还是在月下起舞吧，让影儿随着我回旋，翩翩如尘世的神仙。

明月轻盈地转过朱红色的楼阁，又照耀着雕花的窗户，把银光洒在难眠人的身上。月亮啊，你不应该有什么遗憾怨恨，为什么总在人们别离时偏偏变圆？自古以来，人间有离合悲欢，月儿有阴晴圆缺，这些事自古就难以求全。但愿美好的感情长留人们心间，虽然远隔千里，却共对同一轮明月，就好像彼此相见。

水龙吟　苏轼

▶原文

次韵章质夫[①]杨花词

似花还似非花，也无人惜从教坠。抛家傍路，思量却是，无情有思。萦损柔肠，困酣娇眼，欲开还闭。梦随风万里，寻郎去处，又还被莺呼起。

不恨此花飞尽，恨西园、落红难缀。晓来雨过，遗踪何在，一池萍碎。春色三分，二分尘土，一分流水。细看来，不是杨花，点点是离人泪。

▶注释

①章质夫：名楶，字质夫，浦城人，官至同知枢密院事。

▶译文

它像花，终究又不是花，没有人爱惜，任凭它飘落。它离开枝头，飘坠路旁，人们说它无情，细细思索，情思绵长的不正是它！那轻盈的身姿回旋转侧，就像美人，愁断了寸寸柔肠，又像她困倦的娇眼，才想睁开复又闭上，更像她依依的梦魂，随风万里，苦苦地寻找情郎，却被莺啼声惊醒了好梦。

我不恨杨花纷纷飘落，只遗憾西园里落红遍地，无法重新缀上枝头，花事就这样轻易结束。早晨，雨歇天晴，何处有杨花的踪迹？那杨花早已化作一池细碎的浮萍。可叹啊，春色总共还剩三分，二分已飘落化为尘埃，一分又跟随流水而去！细看来，飞坠的哪里是杨花，分明是人们离别时伤心的点点泪花。

念奴娇　苏轼

▶原文

赤壁[①]怀古

大江东去，浪淘尽、千古风流人物。故垒西边，人道是、三国周郎赤壁。乱石穿空，惊涛拍岸，卷起千堆雪。江山如画，一时多少豪杰！

遥想公瑾当年，小乔初嫁了，雄姿英发。羽扇纶巾，谈笑间、樯橹灰飞烟灭。故国神游，多情应笑我、早生华发。人生如梦，一尊还酹江月。

▶注释

①赤壁：赤壁之说不一，实际上三国时周瑜击败曹操大军的赤壁，是在湖北蒲圻县西北、长江南岸。朱或《萍洲可谈》卷二载：黄州“州治之西，距江名赤鼻矶，俗呼鼻为弼，后人往往以此为赤壁。……东坡词有‘人道是周郎赤壁’之句，指赤鼻矶也。坡非不知自有赤壁，故言‘人道是’者，以明俗记尔。”

▶译文

大江之水滚滚向东流去，自古以来，无数历史人物随着大江的奔流一去不复返！从前的营垒西面，听说是三国时大破曹军的周郎所在的赤壁。陡峭不平的山崖，高高插入云端，惊涛骇浪凶猛地拍击江岸，千万堆雪浪一重重卷起。江山美丽如画，曾有多少豪杰为它争创丰功伟业。

遥想公瑾当年，小乔刚刚嫁给他，使他更加英姿勃发、风流儒雅。头戴青丝巾，手执白羽扇，看他临战多么从容潇洒，指挥若定，谈笑间强敌就如同烟尘飞灭。神游故国旧地，真要笑我多愁善感早生白发。唉，人生不过像一场梦啊，还是让我高举酒杯，向永恒的江水和月亮致意。

永遇乐 苏轼

▶原文

彭城夜宿燕子楼，梦盼盼[①]，因作此词。

明月如霜，好风如水，清景无限。曲港跳鱼，圆荷泻露，寂寞无人见。紞[②]如三鼓，铿然一叶，黯黯梦云惊断。夜茫茫、重寻无处，觉来小园行遍。

天涯倦客，山中归路，望断故园心眼。燕子楼空，佳人何在，空锁楼中燕。古今如梦，何曾梦觉，但有旧欢新怨。异时对、黄楼夜景，为余浩叹。

▶注释

①盼盼：旧说为唐节度使张建封的侍儿，实为张建封之子张愔的侍儿，善歌舞，多风态。

②紞：打鼓的声音。

▶译文

夜宿彭城燕子楼，梦见盼盼，于是作此词。

明月皎洁似霜，秋风凉爽如水，深秋的景色清丽无限。弯弯曲曲的湖港里鱼儿跳跃，露珠轻轻流泻在圆圆的荷叶上，万籁俱寂，这美景没有别人看得见。三更沉沉的鼓声振荡，一片秋叶坠地，铿然如击金石，把我的好梦惊断，使我的心情凄然黯淡。夜色茫茫，失落的梦已无处寻觅，醒来以后，我独自走遍小园。

我厌倦了宦游天涯、客居他乡的生活，向往踏上山中田园生活的回归之路，向往返回故乡，多年来，我心中时时挂念，望穿了双眼。燕子楼空空如也，佳人今在何处？楼中空锁着旧燕。古往今来的一切都像是梦，又何曾真正从梦中惊觉？总忘不了从前的欢娱，现时的愁怨。正如我今天缅怀久远的往事，将来，对着黄楼夜景，人们也会为我深深叹息。

洞仙歌 苏轼

▶原文

余七岁时，见眉州老尼，姓朱，忘其名，年九十岁。自言尝随其师入蜀主孟昶宫中。一日大热，蜀主与花蕊夫人夜纳凉摩诃池上，作一词。朱具能记之。今四十年，朱已死久矣，人无知此词者，但记其首两句，暇日寻味，岂《洞仙歌令》乎？乃为足之云。

冰肌玉骨，自清凉无汗。水殿风来暗香满。绣帘开，一点明月窥人，人未寝，欹枕钗横鬓乱。

起来携素手，庭户无声，时见疏星渡河汉。试问

夜如何？夜已三更，金波淡，玉绳低转[1]。但屈指西风几时来，又不道流年暗中偷换。

▶注释

①玉绳低转：夜色深沉。

▶译文

我七岁时，见到眉山一位九十余岁的老尼姑，姓朱，我忘了她叫什么名字。她说曾经跟随她的师父到过蜀主孟昶的宫中。有一天，天气奇热，蜀主和花蕊夫人夜里在摩诃池上乘凉，作了一首词，姓朱的尼姑全都能记得。现在过了四十年，姓朱的尼姑早已死去，再没有人知道这首词，而我也只记得开头两句。空闲时我仔细思索回味，这不正是《洞仙歌令》吗？于是我就把它补成一首完整的词。

冰雪是她的肌肤，如玉一般柔润滑爽，即使是在夏天也清凉无汗。水殿微风拂来，宫殿溢满幽香。清风吹开绣帘，一点月光透进帷幔，窥见那人还未安眠，斜靠在枕头上，钗钿横斜、鬓发散乱。

二人起身，拉着女子白皙的手在月下久久徘徊。庭院悄无声息，仰望天空，不时看见飞渡银河的疏星点点。试问现在已是夜里什么时候了？夜深沉已是三更，月光清淡，北斗低低斜转。他们细细地计算，几时才到清凉的秋天，却在西风来临时深深怅惋，又将暗中偷换那流水般去而不返的年华。

青玉案　苏轼

▶原文

和贺方回韵，送伯固归吴中[1]。

三年枕上吴中路，遣黄耳，随君去。若到松江呼

小渡，莫惊鸥鹭，四桥尽是，老子经行处。

《辋川图》上看春暮，常记高人右丞句。作个归期天定许，春衫犹是，小蛮针线，曾湿西湖雨。

▶注释

①伯固：就是苏坚，他随苏轼在杭州三年。吴中：今江苏省苏州地区。

▶译文

三年来，我在梦中走遍了吴中旧路，我让黄犬跟随你归去，便于常常带给我吴地的消息。假如你到松江去呼唤船家摆渡，请记住，千万不要惊动江边的鸥鸟和白鹭，它们都曾同我一起徜徉在姑苏四桥的佳景胜处。

品味《辋川图》，仿佛看见了吴中暮春的景物，也常常记得住王右丞美妙的诗句。我想苍天会允许我归去，我身上穿的还是小蛮很早缝制的春衣，它曾被西湖的雨浸湿！

临江仙 苏轼

▶原文

夜归临皋

夜饮东坡[①]醒复醉，归来仿佛三更。家童鼻息已雷鸣。敲门都不应，倚杖听江声。

长恨此身非我有，何时忘却营营？夜阑风静縠纹[②]平。小舟从此逝，江海寄馀生。

①东坡：地名，在黄州。当年苏轼谪居黄州时筑屋于此，因而获此号。他当时的寓所在黄州西边长江岸。

②縠纹：比喻水的波纹如绉纱。

▶译文

我在东坡尽情夜饮，醒了又醉，醉了又醒，归来时差不多已是三更。家童早都睡熟，鼻息有如雷鸣，敲门也没有人应承，我只得拄着手杖，独自倾听江上的涛声。

深深遗憾这躯体不属于我自身，何时才能完完全全地忘掉名利和世情？夜深沉，风已停，水波轻泛如绉纱般温柔平静。我将驾一叶小舟从此远去，在江海上度过我的晚年。

定风波 苏轼

▶原文

三月七日沙湖道中遇雨。雨具先去，同行皆狼狈，余独不觉。已而遂晴，故作此。

莫听穿林打叶声，何妨吟啸①且徐行。竹杖芒鞋②轻胜马，谁怕？一蓑烟雨任平生。

料峭春风吹酒醒，微冷，山头斜照却相迎。回首向来萧瑟处，归去，也无风雨也无晴。

▶**注释**

①吟啸：吟咏，长啸，意态闲适之。

②芒鞋：草鞋。

▶**译文**

三月七日在沙湖道中遇雨，拿着雨具的仆人先走了，同行者在风雨中个个感到进退两难，只有我毫不在意。一会儿天晴了，于是写下此词。

何必去理会那穿林打叶的雨声，不妨一边吟咏一边长啸，悠然地前行。竹杖和草鞋使步伐轻快更胜骏马，有什么可怕的，我披一领蓑衣，只管在风雨中度过一生！

微寒的春风将酒意吹醒，我感到些微的寒冷，山头初晴的斜阳却在相迎。回望走过的风雨萧瑟处，我信步归去，管它风雨或是晴天。

江城子 苏轼

▶**原文**

乙卯[1]正月二十日夜记梦

十年生死两茫茫。不思量，自难忘。千里孤坟，无处话凄凉。纵使相逢应不识，尘满面，鬓如霜。

夜来幽梦忽还乡，小轩窗，正梳妆。相顾无言，惟有泪千行。料得年年肠断处，明月夜，短松冈。

▶**注释**

①乙卯：宋神宗熙宁八年，即1075年。

▶译文

十年来，生死相隔，彼此间音信茫茫。就算不去思量，这份久远的深情总是难忘。你孤独的坟墓在千里之外，我到哪儿去诉说心中的哀伤。纵然能够重逢，如今我风尘满面，两鬓如霜，你也无法辨识我当年的模样。

夜里我忽然梦见回到了故乡，你正坐在小窗下，像从前一样对镜梳妆。我们久久地互相凝望，说不出一句话，唯有泪流千行。料定每当月明之夜，想到你在那植满小松的山冈，就使我年复一年痛断肝肠。

木兰花令　苏轼

▶原文

次欧公西湖韵

霜余已失长淮阔，空听潺潺清颍咽。佳人犹唱醉翁词[1]，四十三年如电抹。

草头秋霜流珠滑。三五盈盈还二八。与余同是识翁人，惟有西湖波底月！

▶注释

①醉翁词：指欧阳修咏颍州西湖的词，如《木兰花令》若干首及组词《采桑子》等。

▶译文

秋霜降后，长淮失去了盛水季节的壮阔和豪迈，只听见颍水潺潺，仿佛时刻都会停歇下来。河上传来悠扬的歌声，佳人还唱着醉翁的曲词。四十三年匆匆过去，如同闪电划空而过。

生命像草上的秋露晶莹圆润，遗落消失却不过一瞬。十五的月亮多么皎洁完满，第二天却渐渐地缺损。和我一样同醉翁相识的，如今还剩几人？唯有西湖波底的明月，曾经把所有的人照临。

望海潮　秦观

▶原文

梅英疏淡，冰澌溶泄，东风暗换年华。金谷俊游，铜驼巷陌，新晴细履平沙。长记误随车[1]。正絮翻蝶舞，芳思交加。柳下桃蹊，乱分春色到人家。

西园夜饮鸣笳。有华灯碍月，飞盖妨花。兰苑未空，行人渐老，重来是事堪嗟！烟暝酒旗斜。但倚楼极目，时见栖鸦。无奈归心，暗随流水到天涯。

▶注释

①误随车：错跟别家女眷的坐车，指青年时的狂放行为。出于唐韩愈《嘲少年》诗："只知闲信马，不觉误随车。"

▶译文

梅花已经稀疏浅淡，河上的冰渐渐融化，又是一缕东风，不知不觉中换了年华。金谷园是当初的游赏胜地，铜驼巷陌又曾经多么繁华美丽！雨后新晴，我悠闲地漫步，踏着细细的平沙。总记得错跟上别家女眷的香车，留下一段温馨的佳话。那时正是柳絮翻飞，蝴蝶群舞，引起我无限的情思。柳色青青，桃花粉红，明丽的春色乱纷纷地来到每户人家。

夜晚，在西园宴饮，弦管歌乐交加。华灯辉煌灿烂，掩蔽了明月的光华，飞驰的车马来来往往，妨碍人们安闲地赏花。今天，西园依然游人如云，我这远行之客却渐渐衰老，往昔的欢乐一去不返，重游旧地只觉得事事伤情。暮烟凄迷，酒旗斜挂，独倚高楼极目遥望，时见天空飞过几只寻巢的乌鸦。我那不可遏制的思归之心，暗暗跟随流水远至天涯。

八六子　秦观

▶原文

倚危亭，恨如芳草，萋萋刬尽还生。念柳外青骢别后，水边红袂分时，怆然暗惊。

无端天与娉婷[①]，夜月一帘幽梦，春风十里柔情。怎奈向、欢娱渐随流水，素弦声断，翠绡香减，那堪片片飞花弄晚，蒙蒙残雨笼晴。正销凝，黄鹂又啼数声。

▶注释

①“无端”句：老天爷平白无故地给予她姣好的容貌、身段。南朝乐府《春歌》有：“娉婷扬袖舞，阿那曲身轻。”

▶译文

我独倚高亭，心中离恨恰似这芳草萋萋，不断铲尽又不断滋生。同她分别的情景如在眼底：杨柳依依，春江水长，我骑在青骢马上，望水边红袖渐渐离去。猛然想起那一幕已是那么久远，不由得心中凄怆，暗暗惊悸。

苍天没来由地赋予她绰约风姿，却使我为了她心迷神痴，在夜月清明的良辰，在深深的绣帘中，我们曾有过甜蜜的梦境。十里长街如春风中繁花开放，却没有谁比她更温柔多情。无奈往昔的欢娱挽留不住，渐渐跟随流水远去，美妙的乐曲戛然而止，绿色丝帕的旧香消减，使我的心情暗淡。哪里能忍受晚风吹弄飞花片片，蒙蒙残雨，似晴还阴，我正感伤出神，又听见催春的黄鹂啼叫数声。

满庭芳 秦观

▶原文

山抹微云，天连衰草，画角声断谯门。暂停征棹，聊共引离尊。多少蓬莱旧事，空回首，烟霭纷纷。斜阳外，寒鸦万点，流水绕孤村。

销魂。当此际，香囊暗解[①]，罗带轻分。谩赢得青楼，薄幸名存。此去何时见也，襟袖上，空惹啼痕。伤情处，高城望断，灯火已黄昏。

▶**注释**

①香囊暗解：悄悄解下香囊赠给对方，用来作为离别的纪念。古代男子有佩带香囊的习惯。三国魏繁钦《定情诗》："何以致叩叩，香囊系肘后。"

▶**译文**

山头上飘荡几缕清淡的白云，衰草好像和远天粘连在一起，城楼上号角声初停。让航船再稍待片刻，我们且把别离的酒同饮。蓬莱阁多少往事，回想起来，如烟霭纷纷迷乱。斜阳外飞着寒鸦数只，一弯寂寞的流水环绕孤村。

怎不教人黯然神伤，此时此刻，暗暗解下香囊，轻轻分开罗带当作纪念，我们就这样轻易分离。可叹我得到了什么？只有那薄情郎的名声在青楼留存。这一去何时才能再见？我的胸襟和衣袖，空自沾满泪痕。伤心啊，当我回头凝望，看不见城中的那个人，连高城也已在黄昏的灯火中消隐。

满庭芳 秦观

▶**原文**

晓色云开，春随人意，骤雨才过还晴。古台芳榭，飞燕蹴红英。舞困榆钱自落，秋千外、绿水桥平。东风里，朱门映柳，低按小秦筝。

多情，行乐处，珠钿翠盖[①]，玉辔红缨。渐酒空金榼，花困蓬瀛。豆蔻梢头旧恨，十年梦、屈指堪惊。凭阑久，疏烟淡日，寂寞下芜城。

▶注释

①珠钿翠盖：指车，此代指女子。

▶译文

拂晓的天空散去了沉沉乌云，可爱的春天遂人心愿，骤雨才过重又放晴。古老的池台，芬芳的亭榭，飞燕不时碰落几朵粉红的花瓣。榆钱从枝头片片落下，秋千外，盈盈绿水与小桥齐平。在这和煦的东风里，在杨柳掩映的朱门里，那人轻柔地抚弄着秦筝。

曾经浪漫多情，游乐的地方，有乘着翠盖香车的丽人。而我是骑着戴有玉辔、帽系红缨的骏马的才俊。往日盛满欢乐的酒杯如今空空如也，蓬瀛仙境也无处探寻，当初的情事我仍记忆犹新，屈指细算，竟已过去十年，就如一场幻梦，徒然令我心惊。我倚栏久久地凝神观望，只见疏薄暮烟中隐现一轮淡日，寂寞地沉下芜城。

减字木兰花　秦观

▶原文

天涯旧恨，独自凄凉人不问。欲见回肠，断尽金炉小篆香[①]。

黛蛾长敛，任是春风吹不展。困倚危楼，过尽飞鸿字字愁。

▶注释

①篆香：篆文形状的盘香。

▶译文

他远赴天涯已久，留下我一个人，孤寂而凄凉，没有谁关心询问。金炉中的篆字盘香，燃成了寸寸灰烬，就像我愁断的曲折百转的愁肠。

我的双眉紧蹙，尽管春风阵阵，柔和而又温暖，却不能将我的愁眉吹展。我闷闷地独倚高楼，排成字形的鸿雁全都在眼前飞过，没有半点音信，只带给我更多的忧愁。

浣溪沙 秦观

▶原文

漠漠[1]轻寒上小楼，晓阴无赖似穷秋[2]。淡烟流水画屏幽。

自在飞花轻似梦，无边丝雨细如愁。宝帘闲挂小银钩。

▶注释

①漠漠：弥漫，无边无际。

②穷秋：晚秋。

▶译文

春天里轻寒弥漫，无声无息地侵袭着小楼，但见天色阴沉，冷得像深秋一样，屏风上画着淡烟流水，使人更觉得寂寥清幽。

自在地飞舞的落花，如梦一般轻柔；无边细雨，就像心中绵绵的忧愁。宝帘低垂，闲挂着小小的银钩，却隔不断令人心碎的春愁。

阮郎归　秦观

▶原文

湘天风雨破寒初，深沉庭院虚。丽谯吹罢《小单于》，迢迢清夜徂。

乡梦断，旅魂孤。峥嵘[1]岁又除。衡阳犹有雁传书，郴阳和雁无。

▶注释

①峥嵘：寒风凛冽状。唐罗隐《雪霁》诗："南山雪乍暗，寒气转峥嵘。"

▶注释

潇湘风雨满天，送走了冬日的严寒，这深深的庭院空寂一片。高高的城楼角声初停，漫漫长夜已临近天明。

回乡的幻梦早就断绝，旅居他方的我只觉得无限孤寂，这不同寻常的岁月又翻过新的一页。衡阳还有鸿雁传书，郴阳却连鸿雁的踪影都看不见。

瑞龙吟　周邦彦

▶原文

章台路，还见褪粉梅梢，试花桃树。愔愔坊陌人

家，定巢燕子，归来旧处。

黯凝伫。因念个人痴小，乍窥门户。侵晨浅约宫黄[1]，障风映袖，盈盈笑语。

前度刘郎重到，访邻寻里，同时歌舞，惟有旧家秋娘，声价如故。吟笺赋笔，犹记燕台句。知谁伴、名园露饮，东城闲步？事与孤鸿去。探春尽是，伤离意绪。官柳低金缕。归骑晚，纤纤池塘飞雨。断肠院落，一帘风絮。

▶注释

①宫黄：古代宫人用以涂额的黄粉。张泌《浣溪沙》词："依约残眉理旧黄。"

▶译文

我来到章台路，看见梅树梢头褪了红粉，初绽的新蕊缀上了桃树。坊曲人家一片沉寂，去年在这里筑巢的燕子，重新飞回故居。

我默然凝神久久伫立，回想当年，那个天真烂漫的少女，初在门内窥视。清晨她浅施脂粉，额黄淡淡，以袖挡风掩面，笑盈盈地和我亲切交谈。

像当年的刘郎一样，我又再度来到此处，殷勤地访寻她的踪迹，当年和她同时以歌舞闻名的姑娘中，只有她的声价依然如故，但伊人却不知去往何处。想起过去跟她唱和词曲，赋写诗篇，直到现在我还记得那些深情的词句。从今以后有谁能陪伴我在名园纵情畅饮，又有谁能同我一道去东城漫步闲行？往事就像孤鸿一样飞去再没有踪迹。我独自寻春，惹起的全都是离愁别绪。路旁杨柳低垂着嫩黄色的枝条。天色已晚，我骑马归去，池塘上正飞着纤纤细雨。令人伤心欲绝的空空庭院，只有风儿吹卷柳絮，频频扑向寂寞的门帘。

兰陵王 周邦彦

▶原文

柳

柳阴直，烟里丝丝弄碧。隋堤上、曾见几番，拂水飘绵送行色。登临望故国，谁识京华倦客？长亭路，年去岁来，应折柔条过千尺。

闲寻旧踪迹，又酒趁哀弦，灯照离席。梨花榆火催寒食[①]。愁一箭风快，半篙波暖，回头迢递便数驿，望人在天北。

凄恻，恨堆积！渐别浦萦回，津堠岑寂，斜阳冉冉春无极。念月榭携手，露桥[②]闻笛。沉思前事，似梦里，泪暗滴。

▶注释

①"梨花"句：清明前一日为寒食节，按旧的习俗禁火不举炊，

节后另取新火。唐制，清明取榆、柳新火来恩赐百官。

②月榭、露桥：指园池中的建筑，当年游乐的地方。

▶译文

柳树排列成行，树荫笔直，一望无边。迷蒙的轻烟中，柳丝飞舞翩翩，炫耀着它青春的容颜。隋堤上，这拂水飘絮的柳枝，曾有过多少次作为送别的见证！我登上高堤遥望故国，有谁理解我，早就厌倦了客居京华的生涯。年去岁来，我在长亭路一次次攀折柳枝赠别，折下的枝条怕已超过千尺。

我追寻着往事的踪迹，想起那一夜，离宴上灯光闪烁弦管声清越，正当梨花开放、即将改换榆、柳新火、寒食临近的时节。我忧愁着，在顺风中船飞行如箭，竹篙才一半没入温暖的春水，转眼间，却早过了几个驿站，遥望送别的人已在天边。

我心中凄凉哀愁，愁绪如山一般堆积，渐渐地只见水波回旋，船儿早已远去，岸边渡口一片冷寂，夕阳缓缓地西沉，美丽的春色无边无际。回忆从前在亭榭携手赏月，在河桥静听笛声，沉思往事真像是在梦里，我不由得清泪暗滴。

六　丑　周邦彦

▶原文

蔷薇谢后作

正单衣试酒，怅客里光阴虚掷。愿春暂留，春归如过翼，一去无迹。为问花何在？夜来风雨，葬楚宫倾国①。钗钿堕处遗香泽。乱点桃蹊，轻翻柳陌，多

情为谁追惜？但蜂媒蝶使，时叩窗槅。

东园岑寂，渐蒙笼暗碧。静绕珍丛底，成叹息。长条故惹行客。似牵衣待话，别情无极。残英小，强簪巾帻；终不似、一朵钗头颤袅，向人欹侧。漂流处，莫趁潮汐。恐断红尚有相思字，何由见得？

▶注释

①楚宫倾国：楚王宫中的美丽佳人，用此比喻蔷薇。语出《李延年歌》："北方有佳人，绝世而独立，一顾倾人城，再顾倾人国。"

▶译文

换上单衣把新酒品尝，光阴在客居中虚度真令人惆怅。我多么希望春的脚步稍稍停留，它却如飞去的鸟儿没有踪影。花儿的故乡在哪里？一夜风雨，葬送了多少艳丽绝世的蔷薇。像美人遗失的钗钿，片片花瓣散发着香气，散落在桃树下面的小径上，又在碧柳交叉的道路上翻飞。哪个多情的人来为这些落花惋惜？只有蜂儿同蝴蝶，殷勤地叩着窗扉。

东园里一片寂静冷清，幽暗朦胧，绿荫渐密。流水独自围绕珍贵的花丛，仿佛也发出声声叹息。长长的枝条有意钩住衣衫，仿佛和我依依话别，情意无限。我勉强将小小的残萼插上我的帽子，终不如盛开的花朵在钗头摇曳。

落花啊，你千万不要随流水漂走，我怕花瓣上题有相思的诗句，那岂不就永远无人知晓？

满庭芳 周邦彦

▶原文

夏日溧水无想山作

风老莺雏，雨肥梅子，午阴嘉树清圆。地卑山近，衣润费炉烟。人静乌鸢自乐，小桥外、新绿溅溅。凭栏久，黄芦苦竹，疑泛九江船[①]。

年年，如社燕，飘流瀚海，来寄修椽。且莫思身外[②]，长近尊前。憔悴江南倦客，不堪听急管繁弦。歌筵畔，先安簟枕，容我醉时眠。

▶注释

①九江船：化自白居易《琵琶行》："住近湓江地低湿，黄芦苦竹绕宅生。"《琵琶行》以浔阳作为送别客人的江边背景，故为"九江船"。

②身外：指名和利。杜甫《绝句漫兴》："莫思身外无穷事，且尽生前有限杯。"此处化用这个意思。

▶译文

暖风中黄莺渐渐长大，雨润梅子，一天天变得肥大。在中午的阳光下，正午茂密的大树投下圆形的阴影。这里的地势低洼，附近全都是山峦，熏烤潮湿的衣衫，费去多少炉烟！人声寂静，乌鸦却快乐地跳跃啼鸣，小桥外，新绿的流水哗哗作响。满眼黄芦苦竹，我久久地凭栏凝望，疑心自己是当年的白居易，泛舟在九江。

年复一年，我就像春去秋来的燕子，在浩瀚的大海上飞过，暂时寄居在别人家的屋檐。还是别再去思虑身外的功名，不如常常把酒畅饮。可我这憔悴的江南倦客，受不了宴会上激越的管弦，它使人愁绪更添。最好在歌筵旁，预先安置好枕席，让我喝醉时就地而眠。

花犯 周邦彦

▶原文

小石梅花

粉墙低，梅花照眼，依然旧风味。露痕轻缀。疑净洗铅华，无限佳丽。去年胜赏曾孤倚。冰盘同燕喜[①]。更可惜，雪中高树，香篝熏素被。

今年对花最匆匆，相逢似有恨，依依愁悴。吟望久，青苔上、旋看飞坠。相将见、翠丸荐酒，人正在、空江烟浪里。但梦想、一枝潇洒，黄昏斜照水。

▶注释

①冰盘同燕喜：把梅子盛在盘子里下酒。韩愈《李花》："冰盘夏荐碧实脆。"冰盘：玉盘，晶莹之盘。燕喜同宴喜之意，喜悦地饮宴。《诗经·小雅·六月》："吉甫燕喜。"

▶译文

粉墙低矮，梅花不减旧时的天然风韵，依然光彩夺目。花枝上点缀着轻盈的露水，仿佛洗净脂粉的人，淡雅绝世，姿质天成。去年，寒梅开放的胜景，我曾独自流连观赏，也曾在酒宴上欣喜地把玉盘中的青梅品尝。尤其令人爱惜的是那雪中盛开的梅花，透出一阵阵清幽的芬芳，宛如熏炉上覆盖着白色被絮。

今年赏花最是匆忙，寒梅似乎也懂得相逢苦短，它含愁憔悴、情意绵绵。我久久地沉吟凝望，眼前忽见花瓣飞坠在青苔之上。很快又一度青梅佐酒，而我将独自在空江烟浪里飘荡。我只能在梦中观赏这潇洒的花枝在夕阳的斜照下，在水中疏影横斜的芳姿。

蝶恋花 周邦彦

▶原文

月皎惊乌栖不定，更漏将残，轳辘[①]牵金井。唤起两眸清炯炯。泪花落枕红绵冷。

执手霜风吹鬓影。去意徊徨，别语愁难听。楼上阑干横斗柄，露寒人远鸡相应。

▶注释

①轳辘：辘轳汲水的声音。

▶译文

月光皎洁，乌鸦被亮光惊醒，啼鸣纷乱；更漏将尽，已听见辘轳汲水的声音。从浅睡中唤起她，惊醒的双眸格外明亮，枕头浸透伤别的泪，湿冷得如同寒冰。

挽着手为她送行，秋风吹拂她美丽的发鬓，她欲去又迟疑，再三徘徊不定，分离的话语愁不忍听。小楼外，天边空横斗柄，朝露寒冷，伊人远去，只有雄鸡报晓的啼声远近呼应。

解连环　周邦彦

▶原文

怨怀无托。嗟情人断绝，信音辽邈。纵妙手、能解连环[①]，似风散雨收，雾轻云薄。燕子楼空，暗尘锁、一床弦索。想移根换叶，尽是旧时，手种红药。

汀洲渐生杜若。料舟依岸曲，人在天角。漫记得、当日音书，把闲语闲言，待总烧却。水驿春回，望寄我、江南梅萼。拚今生，对花对酒，为伊泪落。

▶注释

①解连环：《战国策·齐策六》载："秦昭王尝使使者遗（赠）君王后玉连环，曰：'齐多智，而解此环否？'君王后以示群臣，群臣不知解。君王后引锥椎破之，谢秦使曰：'谨以解矣。'"

▶译文

幽怨的情怀无所依托，哀叹着情人恩断义绝，书信杳杳，音容遥远。纵然有高手能解连环，却正如这风雨停息，依旧是阴云绵薄、轻雾弥漫。燕子楼早已人去楼空，伊人远去，琴床上，厚厚的尘埃，封住了昔日弹奏妙曲的丝弦。红芍药开得多么绚烂，那都是我同她亲手栽植的，尽管如今已根移叶换。

水边芳香的杜若渐生，我想要采一枝寄赠，而她，是否泊舟在深深的港湾，远在那地角天边？我还记得当初的书信，有过许多爱的盟约，我真想把这些无用的闲话统统烧却！她所在的水边驿站又一度春回大地，我痴心地盼望，她还能将江南的梅花寄递。唉，我宁愿舍弃今生今世，对着花醉酒，永远为她相思落泪。

关河令 周邦彦

▶原文

秋阴时晴渐向暝。变一庭凄冷。伫听寒声[①]，云深无雁影。

更深人去寂静。但照壁孤灯相映。酒已都醒，如何消夜永！

▶注释

①寒声：寒秋时的声音，如风声、虫声、雁叫声、落叶声等。范仲淹《御街行》词载：“纷纷坠叶飘香砌，夜寂静，寒声碎。”

▶译文

阴雨连绵的秋天少有片时放晴，黄昏渐渐临近，庭院顿时变得凄冷。我凝神伫立，听秋声，寒云深处传来阵阵悲鸣，却看不见旅雁掠影。

夜半更深，人散去后四周寂静，只有一盏孤灯摇曳的微光把我孤独的身影投射在粉壁上。酒意全都散尽，如何消磨这长夜？

西河 周邦彦

▶原文

金陵怀古

佳丽地[①]，南朝盛事谁记？山围故国绕清江，髻鬟对起；怒涛寂寞打孤城，风樯遥度天际。

断崖树，犹倒倚；莫愁艇子曾系。空余旧迹郁苍苍，雾沉半垒。夜深月过女墙来，伤心东望淮水。

酒旗戏鼓甚处市？想依稀、王谢邻里。燕子不知何世；入寻常巷陌人家，相对如说兴亡，斜阳里。

▶注释

①佳丽地：谢朓《入朝曲》中有：“江南佳丽地，金陵帝王州。”

▶译文

好一片佳美秀丽的胜地，繁盛的南朝旧事，又有谁记得？故都依然被青山环绕，奔腾的长江绕城流过，发髻般秀美的山峰相对而起。寂寞的怒涛拍打着孤城，扬风的帆，像是在天际游移。

古老的树木，还在断崖边倒倚，莫愁的小船曾在这里牵系。如今，空留下旧时踪迹，茂密的山林一片苍翠，半边营垒笼罩在浓浓的雾里。深夜，月亮静静越过城上的矮墙，照着空寂的古都。东望悄无声息的秦淮河，不由得令人触景生情。

当年热闹的酒楼戏馆，如今究竟在哪里？想那寥落的街巷，或许曾是王谢大族的故居。燕子飞进普通百姓之家，并不懂得如今是什么年代，它们在斜阳中相对细语，像是在诉说历史的兴衰。

瑞鹤仙　周邦彦

▶原文

悄郊原带郭[①]，行路永，客去车尘漠漠。斜阳映山落，敛余红、犹恋孤城阑角。凌波步弱，过短亭、何用素约。有流莺劝我，重解绣鞍，缓引春酌。

不记归时早暮，上马谁扶，醒眠朱阁。惊飙动幕，扶残醉，绕红药。叹西园已是花深无地，东风何事又恶？任流光过却，犹喜洞天自乐。

▶注释

①“悄郊”一句：宁静的郊野连着城郭。

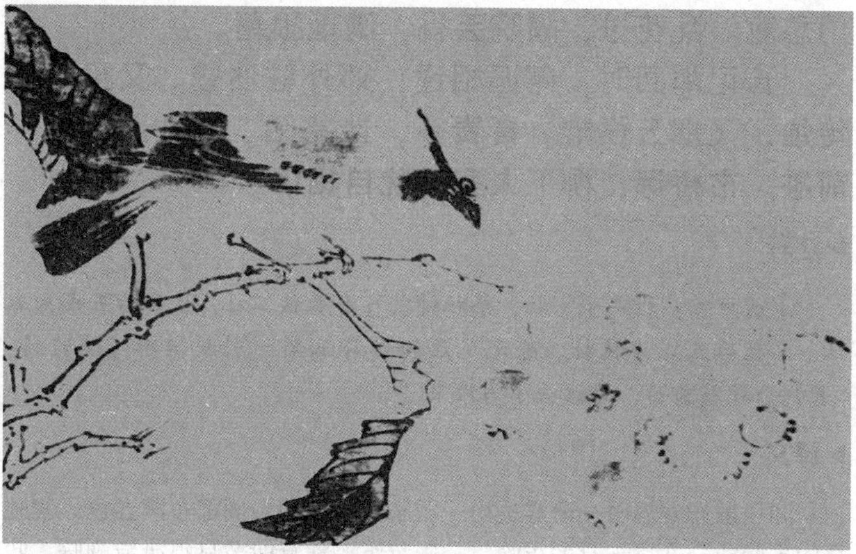

▶译文

静寂的郊野连接着城郭，道路漫长，伸向远方。友人的车马离去了，只留下烟尘迷茫。斜阳映山，徐徐沉落，把红的晚霞洒向孤城的栏杆一角。娇弱的伊人步履艰难，经过短亭稍稍休憩，意外地同故人相遇。她柔声软语，劝我重解绣鞍，将春酒品味。

不记得什么时候归去，上马究竟是谁搀扶的，只知道醒来时正睡在自家门户。狂风摇动窗帏，带着残存的醉意，我流连在芍药花圃。叹惋西园里，处处落花堆砌，东风为什么这样可恶，吹落红花无数。唉，任凭流光飞去吧，幸好我还能在这小天地里自娱自乐。

应天长 周邦彦

▶原文

条风布暖，霏雾弄晴，池塘遍满春色。正是夜堂无月，沉沉暗寒食。梁间燕，前社客[①]。似笑我、闭

门愁寂。乱花过，隔院芸香，满地狼藉。

长记那回时，邂逅相逢，郊外驻油壁。又见汉宫传烛，飞烟五侯宅。青青草，迷路陌。强载酒、细寻前迹。市桥远，柳下人家，犹自相识。

►注释

①前社客：指燕子。社，祭社神之日有春秋二社，立春后五戊为春社，立秋后五戊为秋社。陈元龙注的《片玉集》引欧阳獬《燕》诗："长到春秋社前后，为谁去了为谁来。"

►译文

和风散布着温暖，薄雾透出一派晴意，池塘台阁都布满春色。我独自闷坐堂前，在这无月的夜晚，云影沉沉，寒食时节显得凄凉幽暗。我一个人闷坐在幽暗的厅堂上。那梁间燕子似乎也在嘲笑我紧闭门户忧愁孤寂。缭乱的残红片片飞过，隔院飘来阵阵香气，遍地只见落花狼藉。

我独自沉思，总不能忘怀那一次同她意外相遇，她的油壁车停在郊野，我们曾两情依依。如今又到了寒食节，汉宫里又一度传递蜡烛，五侯家散着飞烟。沿着当年踏青之路，我故地重游，迷失了旧日的路径，满目只看见芳草萋萋。我勉强携酒，去仔细寻找那往事的踪迹。市桥远处，柳树下，依然是那户相识的人家。

夜游宫 周邦彦

▶原文

叶下斜阳照水，卷轻浪、沈沈千里。桥上酸风[1]射眸子。立多时，看黄昏，灯火市。

古屋寒窗底，听几片、井桐飞坠。不恋单衾再三起。有谁知，为萧娘，书一纸。

▶注释

①酸风：冷风。李贺《金铜仙人辞汉歌》："东关酸风射眸子。"

▶译文

树叶飘落，夕阳的余晖映照水底，秋风卷起层层水波，涌流千里。桥头冷风刺痛眼睛，我长久伫立，独自在黄昏中看街市灯影点点。

在古老房屋的寒窗下，在无边的寂静里，我卧听井台畔，几片梧桐叶铿然坠地。我不留恋这单薄的衾被，再三地披衣坐起，有谁能领会我此时的心情？全为着她寄来的一封书信。

青玉案 贺铸

▶原文

凌波不过横塘[1]路，但目送、芳尘去。锦瑟华年谁与度？月桥花院，琐窗朱户，只有春知处。

飞云冉冉蘅皋暮，彩笔新题断肠句。试问闲愁都几许？一川烟草，满城风絮，梅子黄时雨！

▶注释

①横塘：地名，在今江苏省苏州市西南。龚明之《中吴纪闻》记载："铸有小筑在盘门之南十余里，地名横塘。"

▶译文

你轻盈的步履不曾来到横塘，我徒然地伫立凝望，只看见远处尘土飞扬。唉，你和谁一起度过这锦瑟般美好的年华？你所居住的地方一定有明月辉映的溪桥、鲜花盛开的院落，抑或是雕镂的窗栏、朱漆的大门？唯有春风知道你隐秘的处所。

天边的飞云缓缓飘过长满芳草的水边高地，佳人仍没有消息，我用彩笔写下悲伤的诗句。想要问我的痴痴愁情究竟有多少？正像那一川烟雾迷蒙的芳草，满城随风飘飞的柳絮，梅子黄时连绵不绝的细雨。

薄　幸　贺　铸

▶原文

淡妆多态，更的的[1]频回眄睐。便认得琴心先许，欲绾合欢双带。记画堂风月逢迎，轻颦浅笑娇无奈。向睡鸭炉边，翔鸳屏里，羞把香罗暗解。

自过了烧灯后，都不见踏青挑菜。几回凭双燕，丁宁深意，往来却恨重帘碍。约何时再。正春浓酒困，人闲昼永无聊赖。厌厌睡起，犹有花梢日在。

▶注释

①的的：频频、不断地。郑仅《调笑转踏》词中“吴姬绰约开金盏，的的娇波流美盼”，与此义同。

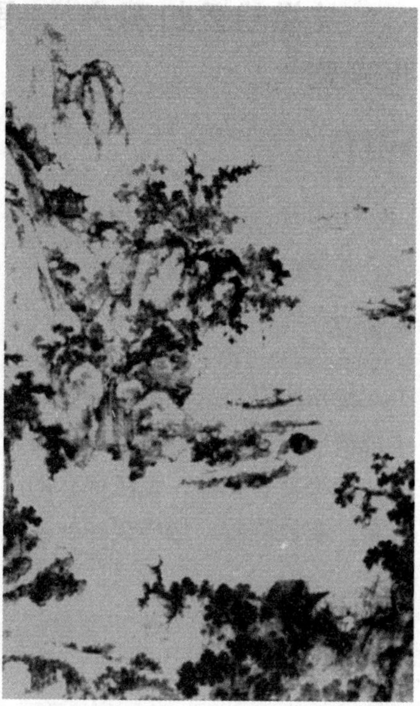

▶译文

她妆束淡雅，绰约多姿，已使我深深倾慕，哪里还禁得频频回眸向我盼顾。我知道她心中已自暗许，愿同我把衣带挽成表示相爱的合欢结。我不能忘怀清风皓月的良辰，我们相会在画堂，她轻蹙娥眉，含情微笑，是多么柔媚可爱。在睡鸭形的香炉旁，在画着双飞鸳鸯的屏风后，她娇羞地悄悄解开丝罗香带。

自从过了元宵，直到踏青挑菜的时节，在如云的游人中，我总不曾寻觅到她的踪迹。多少次想托双燕传信，嘱咐它们带上我的一片深情，来来往往，却恨有重重帘幕阻碍。佳期密约几时才能再来？春意正浓，我时常独自醉饮，人又闲，天又长，我只觉得百无聊赖。我无精打采地昏昏愁眠，醒来时，花梢上还挂着高高的日影。

减字浣溪沙 贺铸

▶原文

楼角初销一缕霞，淡黄杨柳暗栖鸦，玉人和月摘梅花。

笑撚粉香归洞户[①]，更垂帘幕护窗纱，东风寒似夜来些[②]。

▶注释

①洞户：深深的门户，言深闺之意。

②些：词末助词，无义。

▶译文

楼角刚刚散去最后一缕晚霞，嫩黄的杨柳，幽暗中栖息着乌鸦。一个纯洁如玉的少女披着皎洁的月光，摘取淡雅的梅花。

她笑捻着花枝，走进深深的门户，为遮护薄薄的窗纱，又放下厚厚帘幕。东风阵阵，像昨夜一样寒气侵人。

石州慢　贺铸

▶原文

薄雨收寒，斜照弄晴，春意空阔。长亭柳色才黄，远客一枝先折。烟横水际，映带几点归鸿，平沙消尽龙荒雪。犹记出关来，恰而今时节。

将发。画楼芳酒，红泪清歌，顿成轻别。回首经年，杳杳音尘都绝。欲知方寸，共有几许新愁？芭蕉不展丁香结[①]。枉望断天涯，两厌厌风月。

▶注释

①“芭蕉”句：李商隐《代赠》诗其一：“芭蕉不展丁香结，同向春风各自愁。”丁香结即丁香的花蕾，唐宋诗人常用它比喻化解不了的

爱情愁思，凝于心房。

▶译文

细雨初停，寒气刚刚散去，斜阳辉映，弄一番晴天，春意无限。长亭畔，才透出嫩黄的柳树，不知有谁将枝条先折？烟霭横野，春水漫漫，掩映着远天归雁数点。春风将塞外的冰雪消融在广漠的沙地上。还记得我出关的那年，也是这样的光景。

想当初我将要出发，画楼上，她准备了酒席，流着伤心的眼泪为我唱一曲清歌，我们就这样轻易地离别了。猛回首，过了一年又一年，我和她音容渺茫，彼此隔绝。要知道我心中共有多少新愁？就像卷曲难展的芭蕉叶，解不开重重结的丁香花蕾。我们在天涯各自憔悴，两处愁苦相思，空对着清风明月。

兰陵王 张元幹

▶原文

春恨

卷珠箔。朝雨轻阴乍阁。阑干外、烟柳弄晴，芳草侵阶映红药。东风妒花恶。吹落梢头嫩萼。屏山掩、沉水倦熏，中酒心情怕杯勺。

寻思旧京洛。正年少疏狂，歌笑迷着。障泥油壁催梳掠。曾驰道同载，上林携手，灯夜初过早共约。又争信飘泊？

寂寞。念行乐。甚粉淡衣襟，音断弦索。琼枝壁

月[1]春如昨。怅别后华表，那回双鹤。相思除是，向醉里、暂忘却。

▶注释

①琼枝璧月：见陈后主《玉树后庭花》："璧月夜夜满，琼树朝朝新。"此处比喻美好的风光及快乐的生活。

▶译文

卷起珠帘，见小雨刚刚停住，天气渐渐转晴。栏杆外，轻烟缭绕，柳枝飘拂在丽日下春风中，芳草的碧色染绿石阶，映衬阶前的芍药分外娇红。可恶的东风嫉妒花朵，竟忍心把梢头的嫩萼吹落。我将屏风紧掩，沉香也懒得点着，闷酒喝得太多太多，如今已怕见杯勺。

回想从前在汴京洛阳，我正当年少，轻狂豪放，一味地纵情欢笑，迷恋着歌舞场。常常准备好漂亮的车马，催促美人快快地梳妆。我和她曾一同驱车在御道上飞驰，在美丽的园林携手畅游。热闹的元宵灯节刚过，又约定了再次相会的时间。哪里能相信有一天，竟会像这样四处漂泊？

多么寂寞，从前的乐事不过空自怀念。衣襟上粉香日渐消失，我们分别得何其久远，欢快的曲调难以重续，琴瑟早已断了丝弦。不知那美好的一切，是否依旧如同先前。我惆怅地和她分离以后，人间万事全都改变。心中有无穷思情别怨，在酒醉中，才能够暂时不去想念。

贺新郎 叶梦得

▶原文

睡起流莺语。掩苍苔、房栊向晚，乱红无数。吹尽残花无人见，惟有垂杨自舞。渐暖霭、初回轻暑。

宝扇重寻明月影[①]，暗尘侵、上有乘鸾女。惊旧恨，遽如许。

江南梦断横江渚。浪粘天、葡萄涨绿，半空烟雨。无限楼前沧波意，谁采蘋花寄取。但怅望、兰舟容与。万里云帆何时到，送孤鸿、目断千山阻。谁为我，唱金缕。

▶**注释**

①“宝扇”下面两句：这两句化用江淹《拟班婕妤诗》：“纨扇如圆月，出自机中素。画作秦王女，乘鸾向烟雾。”

▶**译文**

午睡醒来，听流莺娇声软语，天色渐渐接近傍晚，忽闻莺声婉转，房门外，青苔满地，落花片片堆砌。没人看见残花已被吹尽，只有垂杨迎风自舞，庭院幽静空寂。暮霭中渐渐带有暖意，我感到了初夏的暑气。寻找从前用过的那把团扇，它已经沾满灰尘，扇子上画着乘鸾女，那久已沉积的离愁别绪，猛然将我的心强烈震撼。

江南美好的旧梦已断，洲渚横靠着她的小舟，碧绿的清水涨满，像一江新酿的葡萄酒。波浪接连着远天，半空中烟雨蒙蒙。她楼前绿水悠悠，是否也在把我深深想念、准备采上一束蘋花寄上？我怅然地遥望，她泛兰舟悠然游于江上。云帆在万里以外，几时才能来到我的近旁？我久久地目送着天边的孤鸿，视线尽头，只见千山阻挡，有谁为我把《金缕曲》歌唱？

点绛唇 汪藻

▶原文

新月娟娟[①]，夜寒江静山衔斗。起来搔首[②]，梅影横窗瘦[③]。

好个霜天，闲却传杯手。君知否？乱鸦啼后，归兴浓于酒。

▶注释

①娟娟：明媚美好的样子。鲍照《玩月城西门廨中》诗："未映东北墀，娟娟似娥眉。"

②搔首：抓头，形容心绪烦乱或思考时的动作。

③"梅影"句：林逋《山园小梅》："疏影横斜水清浅，暗香浮动月黄昏。"朱敦儒《鹊桥仙》词："横枝消瘦影如无，但风里、空香数点。"

▶译文

一弯新月多么明媚，寒夜里江流澄静，听不到一点儿波涛的声音；远山上仿佛镶嵌着北斗星。不眠的我起身搔首，只看见月已西斜，几条稀疏的梅枝映在窗纸上。

好一个清丽的霜天，我却不愿去摆酒宴。你可知道，当群鸦喳喳乱叫过后，我思归的心情比醇酒还要浓烈。

满江红　岳飞

▶原文

怒发冲冠①，凭栏处、潇潇雨歇。抬望眼，仰天长啸，壮怀激烈。三十功名尘与土，八千里路云和月。莫等闲、白了少年头，空悲切。

靖康耻②，犹未雪。臣子恨，何时灭！驾长车，踏破贺兰山缺。壮志饥餐胡虏肉，笑谈渴饮匈奴血。待从头收拾旧山河，朝天阙。

▶注释

①怒发冲冠：愤怒时头发直竖把帽子都顶起来了，形容愤怒至极。

②靖康耻：指靖康二年，金兵攻陷汴京，将徽宗、钦宗俘去的奇耻大辱。

▶译文

我怒发冲冠，独自登高凭栏，见急风暴雨刚刚停歇。抬头远望，乾坤浩荡，我仰天长啸，热血沸腾，壮怀激烈。三十多年，建立的功业只如尘土般细微，日夜转战南北，征途八千里，不畏艰苦。有志男儿千万不要随随便便地把青春年少的岁月白白浪费，等两鬓苍苍再空自悲戚。

亡国的奇耻大辱，至今还没有雪洗。臣子心头的愤恨，何时才能真正泯灭。我定要驾上战车，把贺兰山踏破。怀着壮志复仇，饿了要吃敌人的肉，谈笑时若是口渴就痛饮敌人的鲜血。且看我重新收复故国山河，再带着捷报到宫阙去朝拜。

烛影摇红　张　抡

▶原文

上元有怀

双阙中天，凤楼十二春寒浅。去年元夜奉宸游，曾侍瑶池宴。玉殿珠帘尽卷，拥群仙、蓬壶阆苑。五云[①]深处，万烛光中，揭天丝管。

驰隙流年，恍如一瞬星霜换。今宵谁念泣孤臣，回首长安远。可是尘缘未断，漫惆怅，华胥[②]梦短。满怀幽恨，数点寒灯，几声归雁。

▶注释

①五云：指五色的祥云。杜甫《重经昭陵》诗："再窥松柏路，还有五云飞。"

②华胥：《列子·黄帝》："昼寝而梦，游于华胥氏之国。"后来代指梦境。

▶译文

楼阙插入云天，上元时节，宫殿里的重重楼台凤阁中还略有早春的寒气。去年元宵夜陪伴君王游乐，曾经出席豪华的盛宴。玉殿全都卷起珠帘，宫女翩翩有如群仙，歌舞嬉戏在仙家池苑。五色祥云深处，耀眼夺目的万烛光中，丝弦管乐声震九天。

流年飞逝如白驹过隙，恍然一瞬间，斗转星移，霜天已经改变。有谁知道我这孤臣，今宵里涕泪交加，回望京城，远在天边。可惜尘缘还不曾割断，往事已经像美梦一般消逝了，我悲伤也是徒然。满怀幽恨，看数点寒灯闪烁，听归雁声声哀鸣。

念奴娇　张孝祥

▶原文

过洞庭

洞庭青草，近中秋、更无一点风色。玉界琼田三万顷，着我扁舟一叶。素月分辉，明河共影，表里俱澄澈。怡然心会，妙处难与君说。

应念岭海经年，孤光自照，肝胆皆冰雪。短发萧骚襟袖冷，稳泛沧浪空阔。尽吸西江，细斟北斗[①]，万象为宾客。扣舷独啸，不知今夕何夕。

▶注释

①“尽挹”以下两句：尽吸西江的水为酒，把北斗星当作盛酒器。西江：这里指洞庭湖以西的长江。北斗：星座名，形状像酒斗。屈原《九歌·东君》：“援北斗兮酌桂浆。”这里与此义相同。

▶译文

洞庭青草，临近中秋风平浪静，湖面有如美玉铺成的三万顷良田，载负着我的小舟。皎洁的明月光耀四方，碧波中倒映着银河、月影，整个宇宙澄澈空明。面对这样的情景，心中悠然自得，我深深领悟其中的奥妙，而无法向你诉说无限的欢欣。

想起我在岭南的这几年光阴，一轮明月，照见我肝胆，如冰雪般高洁晶莹。我披着稀疏的短发，风吹着襟袖稍觉寒冷，在空阔的湖心安稳地泛舟，我尽情畅饮西江水权当美酒，用北斗星当做酒杯斟酒豪饮，请世间万物和天上星星作为我座中的嘉宾。我独自敲着船舷放声长啸，不知今晚是什么时辰，实在是太美好了。

六州歌头　韩元吉

▶原文

桃　花

东风着意，先上小桃枝。红粉腻，娇如醉，倚朱

扉。记年时。隐映新妆面，临水岸，春将半，云日暖，斜桥转，夹城西。草软莎平，跋马[①]垂杨渡，玉勒争嘶。认蛾眉凝笑，脸薄拂燕脂。绣户曾窥，恨依依。

共携手处，香如雾，红随步，怨春迟。消瘦损，凭谁问？只花知，泪空垂。旧日堂前燕，和烟雨，又双飞。人自老，春长好，梦佳期。前度刘郎，几许风流地[②]，花也应悲。但茫茫暮霭，目断武陵溪。往事难追。

▶注释

①跋马：驰马。

②“前度”以下两句：这里是以刘郎自喻，写故地重游。

▶译文

东风对小桃枝格外怜爱，使其枝头上繁花盛开。就像醉酒的佳人，浓施红粉，斜倚着朱门。记得当年，我惊喜地见到她新妆后的容颜，和桃花相互映衬，那是在临水的江岸，春光已过了一半，天气异常和暖，转过斜桥，到夹城西畔。芳草如茵，道路分外平坦，我驰马走向垂柳依依的渡口，马儿在春风中争相嘶鸣。我深深地记得她秀丽的双眉，那盈盈笑脸，涂着淡淡胭脂，我悄悄寻访过她的家园，只留下无限惆怅。

携手同游的地方，如今花香似雾，落红随步飞舞，我怨恨春光已经迟暮。空自憔悴消瘦，究竟有谁来问？只有桃花知情，我泪洒衣襟。在烟雨中，旧时堂前燕子，自管双双飞去。人渐老，春天永远那么美好，我只能在梦中回到过去的美好时光。像刘郎一样，来到曾有几多欢乐的旧地，桃花也为我悲哀，片片飘落。抬头看见暮霭沉沉，再也望不到武陵溪，往事已然难寻踪迹。

好事近　韩元吉

▶原文

汴京赐宴闻教坊乐有感

凝碧旧池头[①]，一听管弦凄切。多少梨园声在[②]，总不堪华发。

杏花无处避春愁，也傍野烟发。惟有御沟声断，似知人呜咽。

▶注释

①凝碧池：唐代皇宫中的池沼，在洛阳宫廷中。这里指汴京故宫的林池。

②梨园：演剧处。《新唐书·礼乐志》载，唐玄宗选乐工三百人，宫女数百人，教于梨园，亲自订正声误，号皇家梨园弟子。“梨园声”指过去北宋教坊演奏的乐曲。

▶译文

旧日宫廷的池苑，每当弹奏管弦，我就心怀凄切之感。听到故园遗留的乐曲，一声声催人白了双鬓。

山河已失，杏花无处去躲避忧愁，只得依傍着荒野开放。唯有御沟不再流水幽咽，它仿佛懂得水声会引起人的悲伤，会让人忍不住随着一起呜咽。

剑器近 袁去华

▶原文

夜来雨。赖倩得、东风吹住。海棠正妖娆处。且留取。

悄庭户。试细听、莺啼燕语。分明共人愁绪。怕春去。

佳树。翠阴初转午。重帘未卷，乍睡起、寂寞看风絮。偷弹清泪寄烟波，见江头故人，为言憔悴如许。彩笺无数。去却寒暄，到了[1]浑无定据。断肠落日千山暮。

▶注释

①到了：到底，毕竟。

▶译文

多谢知情的东风，吹断夜里的绵绵细雨。被雨滋润的海棠花，格外妖娆艳丽，能暂且把春光留住。

庭院里悄然寂静，细听呢喃燕语，黄莺啼唱，它们同样满怀愁绪，生怕春天匆匆归去。

美丽的绿树，浓荫转到正午的位置，我刚刚睡醒，低垂着重重帘幕。寂寞中，闲看柳絮随风飞舞。我偷弹相思泪，寄予轻烟缭绕的江水，好流到江头故人那里，诉说我怎样的憔悴。唉，寄来的书信不计其数，除去嘘寒问暖的絮语，几时归来，却始终没有凭据。在夕阳中久久伫立，空自伤心盼望，只见暮霭中凄迷的千山。

卜算子 陆游

▶原文

咏梅

驿[①]外断桥边，寂寞开无主。已是黄昏独自愁，更着[②]风和雨。

无意苦争春，一任群芳妒。零落成泥碾作尘，只有香如故。

▶注释

①驿：驿站。

②更着：又加上。

▶译文

寂寞的梅，在驿站外的断桥边开放。已是日落黄昏，它正独自忧愁感伤，一阵阵凄风苦雨，又不停地敲打在它身上。

它完全不想独占春芳，听任百花心怀妒忌将它中伤。虽然它片片凋落在地，粉身碎骨碾作尘埃，但它清香依然，高洁的本质永远不变。

忆秦娥　范成大

▶原文

楼阴缺，阑干影卧东厢月。东厢月，一天风露，杏花如雪。

隔烟催漏金虬[①]咽，罗帏暗淡灯花结。灯花结，片时春梦，江南天阔[②]。

▶注释

①漏金虬：漏壶上的铜龙，以龙口滴水计时。

②江南天阔：上两句化用岑参诗《春梦》中的“枕上片时春梦中，行尽江南数千里”之意。

▶译文

从浓浓的树荫里，露出高楼半边。明月照在东厢，栏杆的疏影静卧地面。月光明亮皎洁，满天春风清露，盛开的杏花洁白如雪。

远处烟雾茫茫，只听见夜漏呜咽，一声声催促时光。灯烛结成灯花，罗帐里更觉幽暗。望着灯烛结成的灯花，一时春梦里行到江南，那里的苍穹空阔浩瀚。

贺新郎　辛弃疾

▶原文

别茂嘉十二弟

绿树听鹈鴂，更那堪、鹧鸪声住，杜鹃声切。啼到春归无寻处，苦恨芳菲都歇。算未抵、人间离别。马上琵琶关塞黑，更长门翠辇辞金阙[①]。看燕燕，送归妾。

将军百战身名裂。向河梁、回头万里，故人长绝[②]。易水萧萧西风冷，满座衣冠似雪。正壮士、悲歌未彻。啼鸟还知如许恨，料不啼清泪长啼血。谁共我，醉明月？

▶注释

①“马上”以下两句：指西汉元帝时，宫女王昭君嫁到匈奴去“和亲”之事。石崇的《乐府<王明君辞>序》：“昔公主嫁乌孙，令琵琶马上作乐，以慰其道路之思。其送明君（即昭君），亦必尔也。”明君就是王昭君。长门：汉宫名，失意妃嫔的居所。

②“将军”以下三句：汉朝大将李陵战败，投降匈奴，丧尽名声。苏武出使匈奴不屈，羁留十九年后还朝。两人在河梁上分别时，李陵作诗赠予苏武，诗云：“携手上河梁，日暮欲何之？”

▶译文

鹈鴂在绿树间悲啼，令人不堪忍受的是鹧鸪的哀鸣声刚停，又传来杜鹃的声声凄咽。啼到春天匆匆归去，无处寻觅，百花都已凋谢，连花香都不留一点，使人空留愁苦幽恨。但这种种悲愁，全比不上人间离别。昭君在马上弹着琵琶，边关日暮，一片昏黑，她远离了汉家宫阙。陈皇后乘着翠羽宫车，独自幽居长门，从此和君王恩情断绝。再看看《燕燕》诗，想那庄姜远送归妾，心中该是何等悲切。

李陵将军身经百战，最后投降匈奴身败名裂，回望故国遥隔万里，在河桥同苏武告别，从此音信断绝。易水萧萧西风凛冽，满座宾客为荆轲饯行，白衣白帽，皎洁如雪，一曲悲歌还没唱完，壮士毅然登车诀别。啼鸟也知道人间种种离恨，想来不啼清泪而声声泣血。从今后有谁陪伴我，举起酒杯共对明月？

念奴娇 辛弃疾

▶原文

书东流村壁

野棠花落，又匆匆过了，清明时节。刬地[1]东风

欺客梦，一枕云屏寒怯。曲岸持觞，垂杨系马，此地曾经别。楼空人去，旧游飞燕能说。

闻道绮陌[2]东头，行人长见，帘底纤纤月。旧恨春江流不断，新恨云山千叠。料得明朝，尊前重见，镜里花难折。也应惊问：近来多少华发？

▶注释

①刬地：无端地，只是。

②绮陌：这里指妓馆歌楼之地，就像章台路。

▶译文

野海棠花纷纷飘落，又匆匆过了清明时节，东风偏偏欺凌行客，无端地把我的短梦惊觉，冷气侵袭孤枕云屏，身上只觉得阵阵寒怯。在那弯曲的河岸边，我和她曾一同饮宴，垂杨下把马儿拴系，我们尽情游历，又在此地轻易别离。如今人去楼空，一片落寞，旧时飞燕依然栖息，那时的欢乐，它们都能够诉说。

听说在繁华街道的东面，行人曾经看到过她帘底秀足如新月纤纤，可我又能去何处寻觅？旧恨如春江东流，无尽无休，新恨像云山千叠，绵延不绝。假如有一天，我又和她在酒宴上重见，她将像镜里的花，再不能采摘。她也会惊讶地问我，头发为什么变得这样花白？

永遇乐 辛弃疾

▶原文

京口北固亭怀古

千古江山，英雄无觅，孙仲谋处。舞榭歌台，风

流总被，雨打风吹去。斜阳草树，寻常巷陌，人道寄奴曾住。想当年，金戈铁马，气吞万里如虎。

元嘉草草，封狼居胥，赢得仓皇北顾[①]。四十三年，望中犹记，烽火扬州路。可堪回首，佛狸祠下[②]，一片神鸦社鼓。凭谁问：廉颇老矣，尚能饭否？

▶注释

①“元嘉”以下三句：元嘉就是刘裕的儿子刘义隆年号。刘裕草率派兵北伐后魏，结果大败。敌军追到江边，都城震恐，他登上高处向北观望后悔莫及。封狼居胥：指立大功。狼居胥即狼山，在现在的内蒙古西北部。汉大将军霍去病追击匈奴至此，封山勒石（祭山神、刻石碑记功）后班师回朝。

②“可堪”以下两句：敌占区的庙宇香火正盛。比喻敌人势力很强大。佛狸：后魏太武帝拓跋焘的小名。他击败刘义隆的军队后在长江北岸瓜步山建行宫，后称为“佛狸祠”。

▶译文

江山千古依旧，像孙权那样的英雄，却已无处寻觅。无论繁华的舞

榭歌台，还是英雄的流风余韵，总被无情的风雨吹打而去。那斜阳照着草木丛生的京口寻常街巷，人们说南朝宋武帝刘裕曾经在这里居住。遥想当年，他指挥着强劲精良的兵马，气吞万里，势如猛虎。

元嘉北伐，由于草草从事，“封狼居胥”的壮举，只落得“仓皇北顾”的哀愁。还记得四十三年前，我战斗在硝烟弥漫的扬州路。真是不堪回首，而今对岸的佛狸祠下，神鸦叫声应和着喧闹的社日祭祀时的阵阵鼓声。有谁会来询问：廉颇将军年纪已老，他的身体是否强健如故？

木兰花慢 辛弃疾

▶原文

滁州送范倅

老来情味减，对别酒，怯流年。况屈指中秋，十分好月，不照人圆。无情水都不管，共西风、只管送归船。秋晚莼鲈江上，夜深儿女灯前。

征衫，便好去朝天，玉殿正思贤。想夜半承明①，留教视草，却遣筹边。长安故人问我，道愁肠殢酒②只依然。目断秋霄落雁，醉来时响空弦。

▶注释

①承明：即承明庐，汉代承明殿的旁屋。后来因以入承明庐为入朝或在朝为官的典故。《汉书·严助传》载武帝赐书：“君厌承明之庐，劳侍从之事，怀故土，出为郡吏。”

②殢酒：喜欢酒，沉溺于酒。

▶译文

老来生活情趣渐渐消减，对着别离酒宴，深深惋惜飞逝的流年。何况中秋临近，明月十分美好，却不照人团圆。人间恨事，无情江水全都不管，和西风一道，只管远送你的归船。秋天，江上有鲜美的鲈鱼、莼菜，夜深沉，你将返回故园，和儿女一同欢聚灯前。

穿着旅行的衣衫，你好去把天子觐见，朝廷正要任能用贤。我料想一定会留你在承明庐，半夜里草拟诏书，又派你筹划边防的军机大事而去到前沿。长安故人若是向你询问，就说我依然愁肠百结，总是在酒乡沉湎。醉中我弓开满月，空弦虚射，惊落了秋雁。

祝英台近　辛弃疾

▶原文

晚　春

宝钗分[①]，桃叶渡[②]，烟柳暗南浦。怕上层楼，十日九风雨。断肠片片飞红，都无人管，更谁劝啼莺声住？

鬓边觑。试把花卜归期，才簪又重数。罗帐灯昏，哽咽梦中语：是他春带愁来，春归何处？却不解带将愁去。

▶注释

①宝钗分：把钗分开作为别离的纪念。

②桃叶渡：晋代王献之与爱妾桃叶分别的地方，在南京秦淮河与青溪合流处，后一般指与情人分别的渡口。

▶译文

桃叶渡口，我和他分钗依依惜别，河岸边烟柳迷蒙。我真怕登上高楼远眺，十天倒有九天风雨凄凄，飞红片片令我悲伤，却全然没有人理，更有谁劝住黄莺，不要一声声催芳春归去。

对镜斜照我鬓边的花朵，试数花瓣把他的归期占卜，才把花儿插上鬓发，摘下重新再数。残灯灯光昏暗，映照我寂寞的罗帐，我独自呜咽在梦中自言自语：是他将春天里的愁绪带来，春归哪里，却不懂得把愁绪带去。

青玉案　辛弃疾

▶原文

元　夕

东风夜放花千树[①]。更吹落，星如雨。宝马雕车香满路。凤箫声动，玉壶光转，一夜鱼龙舞。

蛾儿雪柳黄金缕[②]，笑语盈盈暗香去。众里寻他千百度，蓦然回首，那人却在，灯火阑珊处。

▶注释

①花千树：指繁多而灿烂的灯火。

②“蛾儿”句：据《武林旧事·元夕》：“元夕节物，妇人皆戴珠翠、闹蛾、玉梅、雪柳。”“蛾儿”：就是闹蛾，它和“雪柳”均用纸或

丝绸剪扎而成。“黄金缕”：指柳枝。

▶译文

元宵夜，城里彩灯辉煌，有如东风吹开千树银花，烟火如星星被风吹落，纷乱如雨。华丽的车马熙熙攘攘，芳香溢满小路、大道。奏起美妙动听的音乐，天宇高挂玉壶，明月清光普照，鱼龙彩灯整夜飞舞腾跃。

美人头上戴着美丽饰物，鲜亮的蛾儿、雪柳、黄金缕，一个个姿态娇丽，嬉笑着从我眼前远去，留下幽香阵阵。我千百次徒劳地在人群中把她寻觅，猛一回头，却忽然看见，她正在灯火零落的地方独自站立。

鹧鸪天 辛弃疾

▶原文

鹅湖[①]归，病起作

枕簟溪堂冷欲秋，断云依水晚来收。红莲相倚浑如醉，白鸟无言定自愁。

书咄咄[②]，且休休。一丘一壑也风流。不知筋力衰多少，但觉新来懒上楼。

▶注释

①鹅湖：山名，在今江西铅山县东北。山上有湖，晋朝人龚氏曾经在这儿养鹅，故名。山下有鹅湖寺，辛氏乡居时常来此游览。

②咄咄：刘义庆《世说新语·黜免》栽，殷浩被废之后，终日书“咄咄怪事”四字。咄咄，表示失意的感叹。

▶译文

我躺卧在水边亭阁里的竹席上，感到清冷如临秋季，漂浮在水上的云烟，斜阳下渐渐散去。池塘里的红莲相互依偎，美若佳人，微带醉意。沙岸边的白鹭静默不言，定是在忧愁苦闷。

何必像殷浩那样，整天向空中把“咄咄怪事”书写。还是学超逸的司空图归隐山林，寄情山水潇洒自在。一丘一壑全都那么美妙，我要把它们的风采尽情享受。不知病后体力衰退多少，只觉得近来懒得登上高楼。

菩萨蛮 辛弃疾

▶原文

书江西造口壁

郁孤台下清江[①]水，中间多少行人泪。西北望长安，可怜无数山。

青山遮不住，毕竟东流去。江晚正愁余，山深闻鹧鸪。

▶注释

①清江：在今江西赣州市，指当时的名胜之地，赣江从郁孤台下流过，与袁江合流的地方名叫清江。

▶译文

郁孤台下流着清江水，水流中曾经有过多少百姓苦难的眼泪！我向西北遥望，可怜旧时京都，被无数山峰遮住。

重峦叠嶂挡不住清江，尽管千回百转它终将欢畅地流向远方，而我却不能展翅飞翔。黄昏中我独自站立在江边正感到忧郁，又听到深山里鹧鸪的声声哀啼。

点绛唇 姜夔

▶原文

丁未冬过吴松作

燕雁无心，太湖西畔随云去。数峰清苦。商略[1]黄昏雨。

第四桥边，拟共天随[2]住。今何许？凭栏怀古。残柳参差舞。

▶注释

①商略：商量、酝酿。

②天随：天随子，就是唐代著名诗人陆龟蒙。据说他经常在小船里放上书、笔、茶灶、钓鱼用具等等，在江湖上漫游，很清高。

▶译文

自由的北方鸿雁，飞到太湖西畔，又悠然地随着飘浮的白云远去。湖畔几座山峰清寂愁苦，缭绕着浓密的烟雾，它们窃窃私语，商量着黄昏时是否落雨。

我真想留在甘泉桥畔，做天随子那样的隐士。不知道他如今在何处？我独倚栏杆，无限地伤今怀古。残败不齐的衰柳，在西风中犹自飞舞。

鹧鸪天　姜　夔

▶原文

元夕有所梦

肥水东流无尽期，当初不合种相思。梦中未比丹

青见[①]，暗里忽惊山鸟啼。

春未绿，鬓先丝。人间别久不成悲。谁教岁岁红莲[②]夜，两处沉吟各自知。

▶注释

①见：清楚、真切。

②红莲：元宵灯市中莲状的彩灯。

▶译文

肥水永远向东流，当初不该种下相思，情思总是同流水一样悠悠流走。梦里她的面容难辨，真不如画像看得清晰，而这依稀的短梦，偏又被山鸟的啼声惊起。

春风还没把大地染绿，我的鬓发却已斑白如丝。人们离别得过久，悲哀会渐渐淡去。为什么每当彩灯开遍的元宵之夜，我们总是在两地沉吟，能领会这情意和忧伤思绪的，只有彼此的真心。

琵琶仙　姜　夔

▶原文

《吴都赋》云："户藏烟浦，家具画船。"惟吴兴为然。春游之盛，西湖未能过也。己酉岁，予与萧时父载酒南郭，感遇成歌。

双桨来时，有人似、旧曲桃根桃叶[①]。歌扇轻约飞花，蛾眉正奇绝。春渐远，汀洲自绿，更添了、几声啼鴂。十里扬州，三生杜牧[②]，前事休说。

又还是、宫烛分烟，奈愁里、匆匆换时节。都把一襟芳思，与空阶榆荚。千万缕、藏鸦细柳，为玉尊、起舞回雪。想见西出阳关，故人初别。

▶注释

①桃根桃叶：桃叶是晋人王献之爱妾，桃根为桃叶的妹妹。这里指的是曾爱过的歌女。

②三生杜牧：山谷《广陵早春》诗："春风十里珠帘卷，仿佛三生杜牧之。"杜牧：字牧之。三生：佛教语，指过去、现在、未来。

▶译文

《吴都赋》说："户藏烟浦，家具画船。"只有吴兴才有这种景致。吴兴春游的盛况，连西湖都未必能超过。己酉年，我和萧时父携酒去南郊游玩，有所感遇写下此词。

双桨从远处来时，有一位女子，仿佛是我旧时恋人的脸面。她轻摇团扇，沾惹着飞扬的花片，她的眉目容貌，真是美艳绝伦。春光渐渐远去，汀洲上，芳草油然自绿，又添几声啼鴂凄切的哀鸣。遥想当年，在繁华如锦的扬州路，如杜牧一样艳冶寻欢。往事已烟消云散，再也不必提起。

寒食又到，宫中依旧传蜡烛轻烟散入王侯家。可叹在忧愁中，时光匆匆流逝，时序暗暗地变换。我把满怀情思，都付给榆荚，飘落到空阶前。细柳千丝万缕，浓荫里栖息着鸦雀。飞舞的柳絮在我的玉杯前如飞舞的白雪。我重又想起当年西出阳关，和伊人离别，也是在杨柳依依的时节。

八归 姜夔

▶原文

湘中送胡德华

芳莲坠粉，疏桐吹绿，庭院暗雨乍歇。无端抱影销魂处，还见篠墙萤暗，藓阶蛩切。送客重寻西去路，问水面琵琶谁拨[1]？最可惜、一片江山，总付与啼鴂。

长恨相从未款，而今何事，又对西风离别？渚寒烟淡，棹移人远，缥缈行舟如叶。想文君望久，倚竹愁生步罗袜。归来后，翠尊双饮，下了珠帘，玲珑闲看月。

▶注释

①“问水”句：白居易《琵琶行》诗：“忽闻水上琵琶声，主人忘归客不发。”与此同义。

▶译文

芳莲坠落粉红色的花瓣，疏桐飘下绿色的树叶，幽暗的庭院里，一场秋雨刚刚停歇。我正没来由地独自伤神，又看见竹篱下萤火闪烁，听见藓阶旁的蟋蟀鸣声凄切。重又送别友人走上西去的道路，水面上有谁拨弄琵琶？让我们再流连一会儿。最可惜锦绣江山好景都歇，全付给鸣声哀怨的啼鴂。

常常遗憾相会过于短暂，为什么在这西风萧瑟的时节，我们又匆匆离别？清冷的洲渚笼着淡淡云烟，船儿起程，友人渐远，行舟缥缈如一片轻叶，浮游在无边无际的江面。我想象他的妻子，忧愁地倚着翠竹，久久伫立盼望，任夜露浸透了罗袜。归去后，他们将把美酒对饮，放下珠帘，安闲地共赏秋月。

扬州慢 姜夔

▶原文

淳熙丙申至日，予过维扬，夜雪初霁，荠麦弥望。入其城则四顾萧条，寒水自碧。暮色渐起，戍角悲吟。予怀怆然，感慨今昔，因自度此曲，千岩老人以为有《黍离》之悲也。①

淮左名都，竹西佳处，解鞍少驻初程。过春风十里，尽荠麦青青。自胡马窥江②去后；废池乔木，犹厌言兵。渐黄昏，清角吹寒，都在空城。

杜郎俊赏，算而今、重到须惊。纵豆蔻词工，青楼梦好，难赋深情。二十四桥仍在，波心荡、冷月无声。念桥边红药，年年知为谁生！

▶注释

①千岩老人：萧德藻，字东夫，号千岩老人。姜夔是他的侄女婿，并曾经跟随他学诗。黍离：《诗经》中有《黍离》篇，据说是周朝臣子目睹西周镐京的故宫残破，长满了禾黍而作的，首句是“彼黍离离”。后人常以“黍离之悲”来比喻亡国的哀痛。

②胡马窥江：指绍兴三十年完颜亮率金兵南犯，占领扬州这件事。

▶译文

宋孝宗淳熙三年冬至，我路过扬州，夜雪初晴，满眼是青青的野麦。进城后又见四下一片萧条，无情的寒水泛着碧波，暮色渐渐笼罩，军营里的号角悲凉地吹起。我心中十分凄怆，感慨今昔盛衰，因而自己作了这首词曲，萧德藻认为它表现了《黍离》之悲。

我第一次经过淮南东路的著名都市扬州，这里有风景优美的竹西亭，下马解鞍，稍作停留。昔日歌舞繁华的扬州，如今满目荒凉，到处野麦青青。自从胡马渡江南侵，连废旧的城池和古老的乔木，提起当年的兵祸都万分痛心。渐近黄昏，凄凉的号角声带着寒意，在空城中回荡。

曾在这里观赏游玩的杜牧，料想他如今重来此地，一定会惊讶。纵然像杜牧那样才华横溢的诗人，面对这处处疮痍的荒城，怕是也难以抒写沉痛的心情。杜牧曾经歌咏过的二十四桥依旧存在，可是当年的繁华景象已经全部消失，只有桥下的水波中心摇荡着冷月的光影，四周寂寞无声。可叹桥边茂盛的红芍药，到底为了谁一年年谢了又生！

暗香 姜夔

▶原文

辛亥之冬，予载雪诣石湖。止既月，授简索句，且征新声，作此两曲。石湖把玩不已，使工伎肄习之，音节谐婉，乃名之曰《暗香》、《疏影》。

旧时月色，算几番照我，梅边吹笛？唤起玉人，不管清寒与攀摘。何逊而今渐老，都忘却、春风词笔①。但怪得、竹外疏花，香冷入瑶席。

江国，正寂寂。叹寄与路遥，夜雪初积。翠尊易泣，红萼无言耿相忆。长记曾携手处，千树压、西湖寒碧。又片片吹尽也，几时见得？

▶注释

①何逊：南朝梁诗人，著有《咏早梅》诗："衔雪当路发，映雪拟

寒开。”“应知早飘落，故逐上春来。”又曾经写《咏春风》诗：“可闻不可见，能重复能轻。镜前飘粉落，琴上响余声。”这里以何逊自喻，说自己年纪已老，正缺乏歌唱春风、寒梅的才思。

▶译文

绍熙二年冬天，我冒雪去拜访石湖居士，在那里逗留了一个多月，石湖居士给我纸张向我索要词章，并要求我创作新的曲调，于是我写了两首。石湖居士吟赏不已，叫乐工歌伎练习演唱，音律和谐婉转。我将其命名为《暗香》、《疏影》。

忆旧时，曾有多少次，在皎洁的月光下，我在梅边吹笛。多少次我将你唤起，全不顾夜寒露冷，踏着月光去攀折梅枝。如今，我已像何逊一样渐渐老去，早失却当年的风情，荒废了昔日的诗笔。可是竹丛外疏梅斜倚，把幽冷的芬芳洒向筵席，又唤醒了我，使我诗情洋溢。

江南的冬夜多么沉寂。可叹道路遥远，难采梅花相寄，更何况白茫茫的寒雪初积。面对这翡翠酒杯我暗自饮泣，默默地对着无语红梅，我深深思念你。携手于西子湖畔的往事，我总也不能忘记：那千万株绽放花朵的梅树，倒映在寒冷的西湖碧波里。如今梅花又将在春风中片片吹尽，几时才能够再度相遇？

疏影　姜夔

▶原文

苔枝缀玉，有翠禽小小，枝上同宿。客里相逢，篱角黄昏，无言自倚修竹①。昭君不惯胡沙远，但暗忆、江南江北；想佩环、月夜归来，化作此花幽独②。

犹记深宫旧事，那人正睡里，飞近蛾绿。莫似春风，不管盈盈，早与安排金屋。还教一片随波去，又

却怨、玉龙哀曲。等恁时、重觅幽香，已入小窗横幅。

▶注释

①“无言”句：杜甫《佳人》诗：“天寒翠袖薄，日暮倚修竹。”这里把梅花比喻为孤独高洁的美人。

②“昭君”以下四句：杜甫《咏怀古迹》其三：“一去紫台连朔漠，独留青冢向黄昏。画图省识春风面，环佩空归月夜魂。”这里把梅花喻为王昭君的幽怨精魂。

▶译文

长满苔藓的梅枝上的梅花，有如点点琼玉，一对小小的翠鸟在枝上栖息。客居他乡的我又和梅花相遇，黄昏时，它在篱边的角落，独自无言，把高高的青竹斜倚。昭君不习惯胡地的沙漠生活，心中思念着故国山川的秀美。想必是她的灵魂在月夜归来，化成梅花这幽香孤独的精灵。

还记得寿阳宫的旧事，公主正在梦里，梅花落在她的娥眉之间。不要像无情的春风，不管梅花这绝代佳丽，应该早早安排下金屋，好让它有归宿。但它却还是片片随流水漂去，又听得吹奏《梅花落》，那凄凉哀怨的笛曲。想要再去寻觅梅的芳馨，就只能在小窗上的图画中去欣赏了。

一萼红 姜夔

▶原文

丙午人日，予客长沙别驾[1]之观政堂。堂下曲沼，沼西负古垣，有卢橘幽篁，一径深曲。穿径而南，官梅数十株，如椒、如菽，或红破白露，枝影扶疏。著屐苍苔细石间，野兴横生，亟命驾登定王台，乱湘流、入麓山。湘云低昂，湘波容与。兴尽悲来，醉吟成调。

古城阴。有官梅几许，红萼未宜簪。池面冰胶，墙阴雪老，云意还又沉沉。翠藤共、闲穿径竹，渐笑语、惊起卧沙禽。野老林泉。故王台榭，呼唤登临。

南去北来何事，荡湘云楚水，目极伤心。朱户粘鸡，金盘簇燕，空叹时序侵寻。记曾共、西楼雅集，想垂柳、还袅万丝金。待得归鞍到时，只怕春深。

▶注释

①长沙别驾：湖南潭州通判萧德藻，时白石客居其观政堂。

▶译文

宋孝宗淳熙十三年正月初七，我客居在湖南通判的观政堂。堂下有曲形的池，池西背靠着古老的城墙，池畔有卢橘和青竹，一条小路曲折而幽深。穿过小路南行，看见几十棵梅树，枝头缀满花蕾，有的像胡椒，有的如豆子，有些已绽放出白色或红色的小花，枝影疏朗可爱。穿着木屐走在青苔细石间，感到野趣盎然，萌发了浓烈的游兴，于是立即动身去登览定王台，又横渡湘江，攀上岳麓山。俯瞰湘江上白云起伏，水波舒缓地流动，游兴已尽，不觉悲从中来，乘醉吟成此词。

多少棵梅树，倚傍着古老的城墙，刚刚绽放的小小红花，还没到可以摘下来簪戴的时候。池上结着冰层，很早的积雪还堆在墙根背阴处，天空阴云沉沉，又透着寒意。我们悠闲地穿过翠藤缠绕、幽竹深深的小径，一路上的欢声笑语，惊起了沙岸边栖息的鸟禽。我们流连于先贤们隐居的林泉胜地，兴高采烈地互相呼唤着登上故王的台榭回廊。

究竟为了什么我南来北往，像眼前的湘云楚水不住地漂流游荡，极目遥望，只见江天寥廓，我不由得暗自悲伤。人家朱户粘贴着纸画的金鸡，春盘中盛满应节的玉燕，而我，空自叹息时序渐变。还记得从前，在西楼同她美好的聚会，那时正值千万条金黄色的柳条袅袅飘荡的初春。可待我策马归来时，只怕是春光迟迟。

霓裳中序第一　姜　夔

►原文

丙午岁，留长沙，登祝融，因得其祠神之曲，曰：《黄帝盐》、《苏合香》。又于乐工故书中得商调《霓裳曲》十八阕，皆虚谱无辞。按沈氏《乐律》：《霓裳》道调。此乃商调。乐天诗云："散序六阕[①]。"此特二阕。未知孰是。然音节闲雅，不类今曲。予不暇尽作，作"中序"一阕传于世。予方羁游，感此古音，不自知其辞之怨抑也。

亭皋正望极。乱落江莲归未得。多病却无气力。况纨扇渐疏，罗衣初索[②]。流光过隙。叹杏梁、双燕

如客。人何在，一帘淡月，仿佛照颜色。

幽寂。乱蛩吟壁。动庾信、清愁似织。沉思年少浪迹。笛里关山，柳下坊陌。坠红无信息。漫暗水、涓涓溜碧。飘零久，而今何意，醉卧酒垆侧。

▶注释

①散序六阕：《霓裳曲》分三大段：一、散序，六遍；二、中序，十八遍；三、曲破，十二遍。

②“况纨”以下两句：指天气刚转凉。渐疏：渐少用。罗衣：用丝缕稀疏的织物裁制的衣服。索：萧索，微寒貌。

▶译文

宋孝宗淳熙十三年丙午，我留居长沙，有一次登上衡山最高的祝融峰，得到了当地祭祀山神的曲谱，一曲叫《黄帝盐》，一曲叫《苏合香》。我又在乐师旧书里发现了商调《霓裳曲》十八阕，都只有曲谱而无词，沈括《梦溪笔谈·乐律》记《霓裳》为道调，我得到的是商调。白居易诗说“散序六阕”，这里只有两阕，不知哪个是对的。可音韵节律舒缓典雅，不像现在流行的曲调。我没有时间一一填词，只作《中序》一阕流传于世。我正四方漂泊羁旅，有感于古

乐曲的清越，不由自主地写下这首悲怆哀怨的词。

我在岸边的平地上极目远望，但见红莲纷纷凋零，自己却当归不得归。多愁多病的我只觉得衰弱乏力。何况夏日将尽，纨扇已被抛弃，又换掉单薄的罗衣，流光匆匆有如白驹过隙。可叹杏梁双燕，正像客子，不久它们就会飞去。伊人现在在哪里？梦寐中，朦胧淡月映着我的窗帘，照见了她的容颜。

我多么幽独冷寂，蟋蟀在壁间哀吟，断断续续，引起我如庾信当年那样纷乱如织的愁绪。我独自沉思默想：年少时就过着羁旅生活，笛声中踏遍关山，在杨柳夹道的坊巷，欣喜地同她相遇。而今她好比落花，我难以探寻她的消息，眼前只有碧水暗暗流去。我长年飘零，再也没有心思学阮籍在酒垆边醉倚。

小重山 章良能

▶原文

柳暗花明①春事深。小阑红芍药，已抽簪。雨余风软碎鸣禽②。迟迟日，犹带一分阴。

往事莫沉吟。身闲时序好，且登临。旧游无处不堪寻。无寻处，惟有少年心。

▶注释

①柳暗花明：李商隐《夕阳楼》诗：“花明柳暗绕天愁。”

②风软碎鸣禽：晚唐杜荀鹤《春宫怨》诗：“风暖鸟声碎，日高花影重。”

▶译文

柳色深暗，花影明艳，春景正美。小园低矮的围栏里，可爱的红芍药已经抽出了花苞，宛如一支支玉簪。雨后微风柔和，鸟雀发出欢快的鸣叫。初晴的太阳慢慢透出云层，天宇还带着一些阴沉。

过去的事情，不必去留恋叹惋，如今悠闲自在，且趁好时光临水登山。旧日游历的足迹，处处能够找寻，唯一没办法寻觅的，是少年无忧无虑的心。

唐多令 刘过

▶原文

安远楼小集，侑觞歌板之姬黄其姓者，乞词于龙洲道人，为赋此《唐多令》。同柳阜之、刘去非、石民瞻、周嘉仲、陈孟参、孟容。时八月五日也。

芦叶满汀洲，寒沙带浅流。二十年重过南楼。柳下系舟犹未稳，能几日，又中秋。

黄鹤断矶[①]头，故人今在不？旧江山浑似新愁。欲买桂花同载酒，终不似、少年游。

▶注释

①矶：临江的山崖称“矶”。黄鹤矶在现在的湖北省武昌黄鹤山。

▶译文

八月初五，我同柳阜之、刘去非、石民瞻、周嘉仲、陈孟参、孟容在安远楼聚会，酒席上一位姓黄的歌女请求我写词，我为她创作了此篇《唐多令》。

芦苇叶落满沙洲，清秋的江流从充满寒意的沙滩旁缓缓流过。二十年后，我重新来到了南楼，那漂泊的小舟，在岸边柳树上还没系稳，再过几天就又到中秋了。

残破的黄鹤矶头，我的故友可曾来游？面对一片陈旧江山，油然生出许许多多新愁。我想买上桂花、美酒一同去泛舟畅游，却早已失去少年时豪迈的兴头。

玉楼春 严仁

▶原文

春思

春风只在园西畔，荠菜花繁蝴蝶乱。冰池晴绿照还空，香径落红吹已断。

意长翻恨游丝短，尽日相思罗带缓。宝奁明月不欺人，明日归来君试看①。

▶注释

①“宝奁”以下两句：李白《长相思》诗之一：“不信妾断肠，归来看取明镜前。”这里化用此义。

▶译文

春光只在小园西畔，荠菜花开得正繁，蝴蝶飞舞忙忙乱乱。晴日照着池面，使池水更加澄澈空明，红花已片片凋落，芳香飘满小径。

心中情意绵长，却恨袅袅游丝太短，日日相思，罗带渐宽。圆镜光洁如月，不会把人欺骗，明朝郎君归来，请他对镜看看我憔悴的容颜。

双双燕 史达祖

▶原文

咏燕

过春社了，度帘幕中间，去年尘冷。差池①欲住，试入旧巢相并。还相雕梁藻井，又软语商量不定。飘然快拂花梢，翠尾分开红影。

芳径，芹泥雨润。爱贴地争飞，竞夸轻俊。红楼归晚，看足柳昏花暝。应自栖香正稳，便忘了、天涯芳信。愁损翠黛双蛾，日日画栏独凭。

▶注释

①差池：燕子飞翔时羽毛参差不齐的样子。《诗经·邶风·燕燕》："燕燕于飞，差池其羽。"

▶译文

春社已过，燕子穿过重重帘幕，去年筑巢的地方冷冷清清，灰尘密布。它们拍打着翅膀，想在这里栖居，试着飞进旧巢并肩站立。又再三细看雕梁藻井，它们呢喃软语，商量不定。它们轻快地飞掠花梢，翠尾拨开红色的枝影。

满是花香的小径，那长满芳草春花的小路上，雨水湿润了泥土。燕

子最喜欢贴地争飞，竞相夸耀自己的轻捷俊俏。返回红楼，天色已晚，它们饱览了柳昏花暝的暮景。它们睡得十分香甜，竟忘记传递远方带来的书信。闺中思妇愁眉不展，天天空自盼望，独倚画栏。

喜迁莺　史达祖

▶原文

月波疑滴，望玉壶①天近，了无尘隔。翠眼圈花，冰丝织练，黄道宝光相直②。自怜诗酒瘦，难应接许多春色。最无赖，是随香趁烛，曾伴狂客。

踪迹，漫记忆，老了杜郎，忍听东风笛。柳院灯疏，梅厅雪在，谁与细倾春碧？旧情拘未定，犹自学当年游历。怕万一，误玉人夜寒帘隙。

▶注释

①玉壶：比喻明月。

②“黄道”句：京城大道彩灯相映。陆游《老学庵笔记》：“高庙

驻跸临安，艰难中，每出犹铺沙籍路，谓之黄道。”这里借指京城的通衢大道。

▶译文

明月高挂天空，月光如水，涓涓滴下人间。天空没有片云纤尘，玉壶般的圆月就在近前。五光十色的彩灯，是用透明冰丝制成的，月亮和宝灯交相辉映。孤独的我一味沉浸在诗酒之中，可惜渐渐地消瘦，那令人目眩神迷的场景让人难以接受。想起从前，最让我感到月光冶媚多情的是，当我焚香点烛、饮酒赋诗时，她曾经陪伴我对影起舞，狂放不羁。

依稀记得昔日游踪，我如今已老，怎忍听到幽咽的笛声在东风里吹送。杨柳院里灯火稀疏，梅厅前依然积着厚厚的白雪，谁和我一起把美酒细细斟酌？我难以管束住自己旧日的性情，至今还像当年那样喜欢在晚上四处游历。但又怕万一不在，月光在寒夜中等待着我，独自斜倚帘栊。

秋霁 史达祖

▶原文

江水苍苍，望倦柳愁荷，共感秋色。废阁先凉，古帘空暮，雁程最嫌风力。故园信息。爱渠入眼南山碧。念上国①。谁是、脍鲈江汉未归客。

还又岁晚，瘦骨临风，夜闻秋声，吹动岑寂。露蛩悲、清灯冷屋，翻书愁上鬓毛白。年少俊游浑断得。但可怜处，无奈苒苒魂惊，采香②南浦，剪梅烟驿。

▶注释

①上国：指的是京城、国都。

②采香：指古诗十九首中的《涉江》："涉江采芙蓉，兰泽多芳草。采之欲遗谁？所思在远道。"香即香草、芳草。

▶译文

江上烟波苍茫，望着忧愁残败的荷花和倦怠的垂柳，我和它们一样面对秋天充满无限感伤。破废的楼阁早透进阵阵凄凉，古旧的帘幕，昏黄的暮色。风力阻挡，鸿雁难以快飞，不能带给我故园的信息，我多么喜爱观赏那南山秀丽的青绿景色。想到京城，有谁像我一样流落江汉不能返回。

眼看岁华又晚，瘦骨嶙峋的我独自面对西风，清夜里细听秋声，我心头只感到寂寞苦痛。蟋蟀在寒露中悲吟，在凄冷的破屋中点一盏孤灯，想借读书来消解愁闷，忧愁却让我白了双鬓。少年时在此地遨游的乐事，自然再不能重续，可怜我心绪不宁总是惊悸。又怎么能采一把南浦香草，剪一枝江驿梅花，寄到我遥远的故乡？

玉蝴蝶 史达祖

▶原文

晚雨未摧宫树[①]，可怜闲叶，犹抱凉蝉。短景归秋，吟思又接愁边。漏初长、梦魂难禁，人渐老、风月俱寒。想幽欢、土花庭甃，虫网阑干。

无端，啼蛄[②]搅夜，恨随团扇，苦近秋莲。一笛当楼，谢娘悬泪立风前。故园晚、强留诗酒，新雁远、不致寒暄。隔苍烟，楚香罗袖，谁伴婵娟?

▶注释

①宫树：指宫廷中的树木，与下文的蝉有联系。后因此称蝉是宫人的魂所化。

②蛄：蝼蛄。

▶译文

晚上的一场阵雨没有把宫廷中的树折断，可怜在枯叶上，蜷缩着小小的寒蝉。白日渐短，又一度秋凉，诗情引出无边的愁怨。夜开始变长了，往日的魂魄常常乘机来到梦中游荡；人渐渐老去，面对秋风秋月，都会感到阵阵凄寒。从前幽会的地方，想来青苔已长满庭院，蜘蛛网罩着曲折的栏杆。

蝼蛄悲鸣，扰得她终夜不宁，像团扇般被疏远，离恨无限，心中凄苦如同秋日的莲心。高楼上听一首哀伤的笛曲，她流着泪独自伫立风前。时近岁暮，我不能返回故乡，只能在诗酒中勉强流连；新雁飞远，无法带去我问候的书函，我同她隔着茫茫云烟，有谁能陪伴她，安慰她的寂寞孤单?

八归 史达祖

▶原文

秋江带雨，寒沙萦水，人瞰画阁愁独。烟蓑散响惊诗思，还被乱鸥飞去，秀句难续。冷眼尽归图画上，认隔岸、微茫云屋。想半属、渔市樵村，欲暮竞燃竹。

须信风流未老，凭持尊酒，慰此凄凉心目。一鞭南陌，几篙官渡，赖有歌眉舒绿。只匆匆残照，早觉闲愁挂乔木。应难奈故人天际，望彻淮山，相思无雁足①。

▶注释

①雁足：《汉书·苏武传》载，汉苏武出使匈奴，不愿屈服，被羁留牧羊，匈奴诡言苏武已死。使者对匈奴单于说："天子射上林中得雁，足有系帛书，言武等在某泽中。"单于不得不承认苏武等仍活着。后以雁足为传书送信者的代称。

▶译文

江波夹带着秋雨，寒沙萦绕水际，我独自在画楼上俯视，心里充满愁意。披着蓑衣的渔人，撒网入水的声响惊散了我的诗情画意，白鸥乱纷纷地飞起，吟成的佳句难以继续。冷眼环顾，江山尽入图画里。隐约中，见河岸对面的房屋罩着微茫的云雾。遥想那里，多半是渔家的村庄。临近黄昏，家家燃起翠竹。炊烟袅袅升上天宇。

我相信自己风情仍在，并不曾老去，持着一杯酒，让凄凉的心得到慰藉。记得当年在郊外的田野里纵马驰骋，也曾在官渡口挥篙泛舟，旅程几许，幸亏有歌女为我解忧。可惜残阳匆匆落下，闲愁随着它挂上乔木。我难以忍受故人远在天涯，望断淮山，无限相思，却没有鸿雁为我传情。

生查子 刘克庄

▶原文

元夕戏陈敬叟①

繁灯夺霁华，戏鼓侵明发。物色旧时同，情味中年别。

浅画镜中眉，深拜楼中月。人散市声收，渐入愁时节。

▶注释

①陈敬叟：字以庄，号月溪，是作者的朋友。作者曾经赞扬他"诗才气清拔，力量宏放，为人旷达"（《陈敬叟集序》）。

▶译文

璀璨的灯火，夺去了皎洁月亮的光彩，戏鼓彻夜不停地喧响。景物与旧时一样，人到中年，情味却有些不同。

你们是多么恩爱，你为她巧画淡淡双眉，一同向楼心明月深深下拜。等到客人全都散去，街市又是一派沉寂，那时候，忧愁会渐渐潜入心底。

贺新郎　刘克庄

▶原文

九　日

湛湛长空黑，更那堪、斜风细雨，乱愁如织。老眼平生空四海，赖有高楼百尺①。看浩荡、千崖秋色。白发书生神州泪，尽凄凉、不向牛山②滴。追往事，去无迹。

少年自负凌云笔。到而今、春华落尽，满怀萧瑟。常恨世人新意少，爱说南朝狂客。把破帽年年拈出。若对黄花孤负酒，怕黄花也笑人岑寂。鸿北去，日西匿。

▶注释

①高楼百尺：用刘备欲自卧百尺高楼的事，借喻自己胸怀报国的大志。

②牛山：在现在的山东省临淄县南。《晏子春秋·内篇谏上》："景公游于牛山，北临其国城而流涕曰：'若何滂滂去此而死乎?'"叹息自己会死去。后人因用"牛山泪"来比喻伤逝。

▶译文

深邃的长空昏黑一片，又怎禁得住斜风细雨，愁思如织，乱纷纷千丝万缕。我平生望尽四海，好在身居百尺楼台。放眼远眺千山万壑，秋意正浓。我这白发书生，洒泪总为着神州大地，无论怎样悲戚，决不像登临牛山的古人，因人生短暂而忧愁哀泣。追念往昔的情事，早已不留痕迹。

少年时自负凌云手笔。如今华丽的词藻已尽，只落得满怀萧瑟。常恨世人吟诗少新趣，只知道谈论南朝狂士。年年重阳时节，都搬弄破帽故事。我还是对着菊花尽情畅饮，一味地沉吟叹息，只怕菊花也笑我过于冷寂。抬头见鸿雁北飞，太阳隐隐从西山落下。

玉楼春　刘克庄

▶原文

戏林推

年年跃马长安市，客舍似家家似寄。青钱换酒日无何，红烛呼卢宵不寐。

易挑锦妇机中字②，难得玉人心下事。男儿西北有神州，莫滴水西桥畔泪。

▶注释

①锦妇机中字：用苏蕙织锦事。《晋书·列女传》载，窦滔被流放到流沙，他的妻子苏蕙织锦为回文璇玑图诗赠给他，可循环而读，词十分凄惋。后以这比喻妻子对丈夫的思念深情。

▶译文

你年年骑着白马在京城游荡，把客舍当成自己的家，家反而像暂时栖身的地方。你天天拿着青铜钱买酒狂饮，什么事也不去理会，夜晚点起红烛尽情赌博，常常是通宵不眠。

要知道，你容易得到妻子一片真挚的感情，却难以捉摸歌伎们猜不透的心。神州西北还有广大的沦陷区未曾收复，请记住，男子汉的眼泪，不要为青楼女子横流。

渡江云 吴文英

▶原文

西湖清明

羞红鬟浅，恨晚风未落，片绣点重茵。旧堤分燕尾，桂棹轻鸥，宝勒倚残云。千丝怨碧，渐路入仙坞迷津。肠漫回，隔花时见、背面楚腰身。

逡巡，题门①惆怅，堕履②牵萦。数幽期难准，还始觉留情缘眼，宽带因春。明朝事与孤烟冷，做满湖风雨愁人。山黛暝，尘波澹绿无痕。

▶注释

①题门：用吕安题嵇康门事。吕安与嵇康是好朋友。有一天，吕安去拜访嵇康，嵇康不在家，在门口题一个“凤”字后离开（见《世说新语·简傲》）。比喻寻访不遇。

②堕履：用张良遇黄石公事。张良在圯上遇到黄石公，为他捡起掉下的鞋子，后黄石公将兵书传授给张良。比喻遇到了知音。

▶译文

娇红的花像美人含羞的脸，嫩绿的叶点缀在它的鬟边。恨晚风不把它们全都吹落，如茵的草坪上只点缀几片花瓣。旧日曾游的湖堤交叉处像燕尾一般，桂舟宛若鸥鸟轻轻飞去，宝马载着你飞上云端。柳丝绿得令人心伤，我仿佛又沿着垂柳掩蔽的小路，前往仙境桃源。是什么使我回肠九转？隔着茂密的花丛，那纤细的腰忽隐忽现，却不肯转过你的脸。

我迟疑踌躇、进退两难，怕寻你不着，愁绪无法排遣，渴望与你共枕，我魂牵梦萦。我把约会的佳期细细推算，算不准是哪一天。这才懂得，情思缭绕全为着你那多情的双眼，春日相思空叫人衣带渐宽。到明天，往事随同孤烟一齐消散，只剩下满腹愁绪的我，与满湖凄风苦雨相伴。山色更加幽暗，湖面上微波隐现，显得格外惨淡。

夜合花　吴文英

▶原文

自鹤江入京，泊葑门外有感

柳暝河桥，莺晴台苑，短策频惹春香。当时夜泊，温柔便入深乡。词韵窄，酒杯长。剪烛花，壶箭[①]催忙。共追游处，凌波翠陌，连棹横塘。

十年一梦凄凉。似西湖燕去，吴馆[②]巢荒。重来万感，依前唤酒银罂。溪雨急，岸花狂。趁残鸦，飞过苍茫。故人楼上，凭谁指与，芳草斜阳。

▶注释

①壶箭：古代以铜壶盛水，壶中立箭以计时。

②吴馆：原来的地址在苏州市灵岩山，春秋时吴王夫差为西施建造。这里借指往昔与美人同居处。

▶译文

河岸上的密柳浓荫把桥栏遮掩，晴天台苑中黄莺的叫声格外清亮。

我挥动马鞭，鞭梢时时掠过花瓣，沾惹春花的清香。难以忘怀那年春夜停舟在葑桥附近，你我相依相伴，柔情蜜意无尽。我的语言难以表达深情的爱恋，只有把定情酒一杯杯喝干。我们共同剪烛花，全没半点困倦，恨漏壶不解人意，一声声催促，春宵苦短。我难以忘怀每日相随游玩，你就像洛水的神仙，漫步在翠柳飘拂的田野，你我时常在横塘的水面上泛舟，欢乐无限。

转眼间已过去十年，往事似梦，我徒自伤心，你如西湖的旅燕倏然飞远，葑桥旁旧巢空空，再也看不见你的容颜。重游故地，我感慨万千，连声唤人添酒，频频举杯，一如从前。山雨迅猛，横飞江面，山风急骤，落花在岸边狂舞，又被风儿卷起，追赶着几只迟归的乌鸦，飞向苍茫的对岸。凝望你住过的楼阁，斜阳外，芳草连天，寻找你的道路，谁能为我指点？

浣溪沙　吴文英

▶原文

波面铜花[①]冷不收，玉人垂钓理纤钩[②]，月明池阁夜来秋。

江燕话归成晓别，水花红减似春休，西风梧井叶先愁。

▶注释

①铜花：铜镜。古代的铜镜刻有花形图案，所以叫铜花。比喻水波清澈得像镜子一样。

②纤钩：弯弯的月影。黄庭坚《浣溪沙》词：“惊鱼错认月沉钩。”

▶译文

池水像一面铜镜，天气寒冷无人来收。一轮弯月下，美人坐在水池旁边，仿佛在垂钓。秋风拂过池塘楼阁，寂寥的秋夜里只有明月和我相伴。

江边的燕子呢喃着双双南归，拂晓时你我依依惜别。江边的红花已经褪去鲜丽的红色，一切美好的事物最终都会逝去。井边的梧桐在西风中战栗，落叶早早地感受到了秋天的悲愁。

点绛唇 吴文英

▶原文

试灯夜[1]初晴

卷尽愁云，素娥临夜新梳洗。暗尘不起，酥润凌波地。

辇路重来，仿佛灯前事。情如水。小楼熏被，春梦笙歌里。

▶注释

①试灯夜：原来的风俗元宵节那天要张灯结彩，前一日的夜晚为试灯夜。

▶译文

试灯日的夜晚，入夜雨散云收，天空清澈明净，月中的嫦娥素洁妩媚，好似入夜时刚刚梳洗一新。赏灯的人们络绎不绝，却没有半点尘埃扬起，步履轻盈的佳人们走在酥松湿润的街道上，尽情赏灯夜游。

如今，我又来到京城，把当年赏灯的乐事细细回想，可叹它已逝去，空留下这似水柔情。落寞的我登上小楼，熏被独眠，伴着楼外依稀的笙歌，我与她恍惚在梦里相会。

祝英台近　吴文英

▶原文

春日客龟溪[①]游废园

采幽香，巡古苑，竹冷翠微路。斗草溪根，沙印小莲步[②]。自怜两鬓清霜，一年寒食，又身在、云山深处。

昼闲度。因甚天也悭春，轻阴便成雨。绿暗长亭，归梦趁风絮。有情花影阑干，莺声门径，解留我、霎时凝伫。

▶注释

①龟溪：在现在的浙江省德清县。

②莲步：女子的脚印。

▶译文

我采摘幽香的野花，漫步于被人废弃的古苑，荫翳的青竹深深掩映，我独自走在山间小径上。龟溪之畔，四顾悄然无人，但是沙滩上却留着不少女子的脚印，还有许多弃掷在地的花草。青春和欢乐已不再属于我，我怜悯自己白了双鬓，又是一年一度的寒食节来临，我依然在云山深处飘零。

我本想趁着天晴闲游，打发这无聊的白日。为什么老天爷这样吝惜春光，几片乌云才飘浮在天空，转眼间就阴雨蒙蒙。青春年华难以留住，绿荫浓密遮断了长亭归路，我思乡的梦魂跟随柳絮飘飘，能不能飞回遥远的故土？栏杆边扶疏的花影，门前小路上婉转的莺语，使我静静地伫立凝神，暂且在这里稍稍流连吧，它们是那样殷勤地挽留我。

风入松　吴文英

▶原文

听风听雨过清明，愁草瘗花铭①。楼前绿暗分携路，一丝柳，一寸柔情。料峭春寒中酒，交加晓梦啼莺。

西园日日扫林亭，依旧赏新晴。黄蜂频扑秋千索，有当时、纤手香凝。惆怅双鸳②不到，幽阶一夜苔生。

▶注释

①瘗花：葬花。铭：文体的一种。

②双鸳：指女子的鞋，此处兼指女子本人。

▶译文

凄凄的风雨中，我独自度过清明，掩埋好遍地落花，满怀忧愁不忍起草葬花铭文。楼前依依惜别的地方，柳树已是一片浓密的绿荫，每一寸柳丝，都寄托着一份柔情。春寒袭人，我想在酒醉中消愁，不料却被杂乱交错的莺啼声从睡梦中惊醒。

西园的亭台和树林，我天天都打扫得干干净净，痴痴地盼望你归来，依旧和我共赏雨后初晴的美景。蜜蜂频频扑向你荡过的秋千，想来是因为绳索上还留有你纤纤玉手的馨香。我是多么惆怅，总也望不到你的身影，幽寂的台阶上，一夜之间就长出青苔。

高阳台 吴文英

▶原文

落 梅

宫粉雕痕。仙云堕影，无人野水荒湾。古石埋香，金沙锁骨连环。南楼不恨吹横笛，恨晓风、千里关山。半飘零，庭上黄昏，月冷阑干。

寿阳空理愁鸾。问谁调玉髓，暗补香瘢①？细雨归鸿，孤山无限春寒。离魂难倩招清些，梦缟衣、解珮溪边。最愁人，啼鸟晴明，叶底青圆。

▶注释

①“问谁”以下两句：用典故。段成式《酉阳杂俎》载：吴国孙和宠邓夫人，醉舞如意时误伤邓颊，以白獭杂玉、琥珀屑合膏敷治；因为琥珀太多，痕不灭，在颊有赤点像痣一样，显得更好看。

▶译文

梅花凋零了，依然带着它的宫粉色；落梅有如仙云随风飘忽，堕影于地，坠落在寂静无人的荒水野湾。深山古石掩埋你芳香的遗骨，那洁净的本体，有如献身于人间的锁骨菩萨，圆寂后为世人所景仰赞誉。我不恨南楼奏起哀怨的《梅花落》笛曲，只恨那晨风吹遍千里江山，重

重关塞阻隔了有情人。幽芳的寒梅多半已凋零，日落黄昏，庭院里飘浮着残余的香气，清冷的月色静静地照在栏杆上。

寿阳公主空对宝镜愁眉不展，梅花已凋落难见，谁能调和玉髓，来弥补脸上的瘢痕、妆饰姣好的容颜？细雨中鸿雁纷纷归去，无边无际的春寒笼罩着孤山空寂的梅苑。你远去的幽魂再难招还，只能在梦里同你在溪边相会，穿着洁白衣裙的你，解下玉珮相赠。最使人哀愁的是，声声鸟啼呼唤着晴明的春光，梅花落尽，浓密的树荫下，我会看见梅子各个又青又圆。

三姝媚 吴文英

▶原文

过都城旧居有感

湖山经醉惯。渍春衫、啼痕酒痕无限。又客长安，叹断襟零袂，涴尘谁浣？紫曲门荒，沿败井、风摇青蔓。对语东邻，犹是曾巢，谢堂双燕①。

春梦人间须断。但怪得当年，梦缘能短！绣屋秦筝，傍海棠偏爱，夜深开宴。舞歇歌沉，花未减、红颜先变。伫久河桥欲去，斜阳泪满。

▶注释

①“对语”以下三句：据周邦彦《西河》词：“想依稀、王谢邻

里。燕子不知何世；入寻常巷陌人家，相对如说兴亡，斜阳里。”这里化用此义。

▶译文

那秀丽的湖光山色，醉眼中早已见惯，多少泪痕和酒渍，沾染了我的衣衫。今天又客居临安，伤心的是，有谁为我缝补残破的衣服，有谁为我洗净这满身尘土？坊曲如今门庭冷落，满目荒凉，颓败的井栏边，春风中摇曳着青青的蔓草。东邻旧梁之上传来窃窃私语，那呢喃对语的燕子，正是曾在高门大户巢居的双燕。

我知道人间欢乐总难长久，就像一场短短的春梦，却不曾料想当年的情缘，竟这样来去匆匆。从前，曾经在锦绣的闺房里，倾听她弹奏动人的筝曲，最难忘怀的是在盛开的海棠花旁，摆下叫人陶醉的酒席。美妙的舞蹈已永远休止，欢乐的歌声也早就停息。红花依旧开得这样艳丽，青春容颜早就老去。我在桥头久久伫立，徘徊流连不忍离去。沉沉欲下的夕阳的余晖，映照着我流满泪水的脸颊。

八声甘州　吴文英

▶原文

陪庾幕诸公游灵岩[①]

渺空烟、四远是何年，青天坠长星？幻苍涯云树，名娃金屋，残霸[②]宫城。箭径酸风射眼，腻水染花腥。时靸双鸳响，廊叶秋声。

宫里吴王沉醉，倩五湖倦客，独钓醒醒。问苍天无语，华发奈山青。水涵空、阑干高处，送乱鸦斜日落渔汀。连呼酒，上琴台去，秋与云平。

▶注释

①灵岩：山名，在现在的江苏省苏州市西南，上有春秋时吴国的遗迹。山顶的灵岩寺相传是吴王夫差所建的馆娃宫原址。庾幕：幕府僚属的美称。

②残霸：指吴王夫差。他曾把越国打败了，一度和晋国争霸中原，后为越国所灭，霸业有始无终，故云。

▶译文

纵目遥望四方，长空万里，云烟渺茫，究竟是何年何月，神星自青天坠落地上，幻化出上参霄汉的古木，石色青苍的琼岩，绝代佳丽西施居住的华屋，霸业未成的吴王宫殿。灵岩山前采香径横卧如箭，凄冷的秋风刺入双眼，流水中至今还漂浮着脂粉，浓腻的香气把花朵沾染了。耳边不时传来阵阵声响，难道是当年穿着木屐的美人，婀娜轻盈，一步步走过回廊？抑或是风吹叶落，弹奏出秋天凄凉的乐章？

深宫里吴王沉醉，最终却以悲剧收场，唯有头脑清醒的范蠡，功成身退，悠然垂钓在太湖上。到底是谁主宰着历史兴亡？我仰头问着上苍，苍天却一声不响，多情的我早早愁白双鬓，面对着永远青翠的重峦叠嶂，怎能不满心惆怅。江水浩渺连接着无垠的天空，我登上高楼，手扶栏杆，凝神冥想，目送那千万只归鸦，随同沉沉西下的斜阳隐没在水边捕鱼的汀洲上。我连声呼唤拿来清酒，快快攀登到山顶的琴台上，我要把一怀悲凉交付给与云霄齐平的秋光。

踏莎行　吴文英

▶原文

润玉笼绡，檀樱[1]倚扇。绣圈犹带脂香浅。榴心空

叠舞裙红，艾枝应压愁鬟乱。

午梦千山，窗阴一箭。香瘢新褪红丝腕②。隔江人在雨声中，晚风菰叶生秋怨。

▶注释

①檀樱：浅红色的樱桃，这里比喻美人的口。檀：浅红色。

②红丝腕：端午节用五彩丝线系腕来驱鬼避邪。

▶译文

肌肤柔嫩，光洁如玉，穿着透明纱衣的你有着浅红的樱桃小口，用罗绢歌扇轻轻将它遮掩。丝绣的花环还粘带着淡淡的脂粉香气。大红的舞裙上，石榴花纹重重叠起，艾叶斜插鬓角边，轻压着舞乱的发髻。

午梦醒来，已远隔千山，窗前日影频移，光阴箭一般飞逝。我因为相思清瘦无比，手腕上系的红丝线很快就褪了颜色。江上雨声淅沥，隔江遥望却看不见伊人，菰叶在晚风中萧萧作响，幽怨的我只觉得凄凉如临秋季。

夜游宫　吴文英

▶原文

人去西楼雁杳，叙别梦，扬州一觉①。云淡星疏楚山晓，听啼鸟，立河桥，话未了。

雨外蛩声早，细织就霜丝多少？说与萧娘未知道，向长安，对秋灯，几人老？

▶注释

①扬州一觉：套用杜牧“十年一觉扬州梦”（《遣怀》）句。

▶译文

人去后西楼空空，鸿雁飞远没有音信，向你诉说离愁别绪，梦境是那样虚幻。我和你站在河桥上，千言万语没说尽，鸟啼声声把好梦惊醒，只看见云淡星稀，楚山边已经破晓。

秋雨潇潇夹杂着蟋蟀的哀鸣，就像是机梭细细来往不停，织出我多少如霜的丝发，这一怀愁绪你是否知情？我遥望京华，独对一盏荧荧秋灯，此情此景，怎不叫人又添几根白发？

兰陵王 刘辰翁

▶原文

丙子送春

送春去，春去人间无路。秋千外、芳草连天，谁遣风沙暗南浦？依依甚意绪？漫忆海门飞絮。乱鸦过，斗转城荒，不见来时试灯处。

春去，最谁苦？但箭雁沉边，梁燕无主，杜鹃声里长门暮。想玉树凋土，泪盘如露[①]。咸阳送客屡回顾[②]，斜日未能度。

春去，尚来否？正江令恨别，庾信愁赋。苏堤尽日风和雨。叹神游故国，花记前度。人生流落，顾孺子，共夜语。

▶注释

①泪盘如露：汉武帝造铜人手托铜盘用它来接露水。魏明帝将铜人搬去洛阳，铜人流泪（见李贺《金铜仙人辞汉歌序》）。比喻南宋灭亡。王沂孙《齐天乐》词："铜仙铅泪似洗"，是同一故事。

②"咸阳"句：化用李贺"衰兰送客咸阳道"（《金铜仙人辞汉歌》）句意。比喻被俘北行的人对故国依恋的感情。

▶译文

我送春天回去，人间已没有它的归宿地。秋千外，无边芳草与远空相连，哪里来的猛烈风沙，使江南变得昏天黑地？对春天依依不舍是一种什么样的情绪？我空自思忆着流落天涯的人，他们一如飘飞的柳絮。乱鸦过后，斗转星移，时移事去，帝城一派荒凉凄寂，春天啊，你再也看不到来时试灯的情景了。

春天归去，谁最痛苦不幸？那些受伤的哀鸿，被猎手带往遥远的边境。梁间燕子失去主人，飞来飞去彷徨无定。在杜鹃悲切的啼鸣声里，幽冷的宫殿暮色凄迷。我怀念着宫中宝物，那珍贵的玉树长埋泥土里，去国辞乡的人，泪水如同露珠落满捧露盘。在告别京都的道路上，他们频频回顾，不忍远离，这悲凉的黄昏时分，如何挨得过去！

春天啊，你今朝归去，能否重新回到这里？我像江淹一样怨恨别离，又写下庾信《愁赋》般的诗句。苏堤上，天天都是凄风苦雨。我感叹故国的美好光景，只能去梦中游历，只能永远铭记心底。余生将漂泊无依，夜深时，我只与小儿相对共语。

摸鱼儿 刘辰翁

▶原文

酒边留同年徐云屋

怎知他、春归何处，相逢且尽尊酒。少年嫋嫋天涯恨，长结西湖烟柳。休回首。但细雨断桥，憔悴人归后。东风似旧。问前度桃花，刘郎能记，花复认郎否？

君且住，草草留君剪韭。前宵正恁时候。深杯欲共歌声滑①，翻湿春衫半袖。空眉皱。看白发尊前，已似人人有。临分把手。叹一笑论文，清狂顾曲②，此会几时又。

▶注释

①滑：《国语·周语下》："滑天二川之神。"韦昭注："滑，乱也。""歌声滑"意思就是唱得不整齐，走调。

②顾曲：周瑜精通音乐，只要有人唱歌时错了音，他一定知道，知道了就必定看一眼，所以当时有"曲有误，周郎顾"（见《三国志·吴志·周瑜传》）之说。这里指在宴席上自由自在地听乐。

▶译文

怎能知道芳菲的春天去向何地？今朝与你幸运地重逢，且请畅饮杯中美酒。不论你我当初正值青春年少，还是如今垂老依旧漂泊，总离不开这西湖烟柳。往事不必再去回首，我这憔悴的人故地重游，见断桥细雨蒙蒙，春色依然如旧。我痴痴地问着桃花，你从前的美丽姿容，我还记在心上。而你，是否能够辨认出我早已改变的模样吗？

我的朋友，请你稍稍停留，我为你准备了家常饭菜，剪来鲜嫩的韭菜。前年的那天晚上也是这个时候，我和你纵情地狂歌醉酒，多少次把美酒打翻，弄湿了一半衣袖。唉，今日相对双眉紧皱，但见宴会上，几乎人人都白发满头。我不忍同你分离，临别再三握住你的双手。可叹一起笑着议论文章，狂热地把乐曲欣赏，这样清雅的聚首几时才能再有。

凤凰台上忆吹箫 李清照

▶原文

香冷金猊，被翻红浪，起来慵自梳头。任宝奁尘满，日上帘钩。生怕离怀别苦，多少事、欲说还休。新来瘦，非干病酒，不是悲秋。

休休！这回去也，千万遍《阳关》，也则难留。念武陵人远①，烟锁秦楼②。惟有楼前流水，应念我，终日凝眸。凝眸处，从今又添，一段新愁。

▶注释

①武陵人远：陶渊明《桃花源记》载，武陵一渔民曾在桃花源中遇到神仙。后就称桃源、武陵溪为仙乡。这里借指丈夫要去遥远的地方。

②秦楼：相传是春秋时秦穆公的女儿弄玉与她的丈夫萧史居住的地方。后他们成仙飞去。代指作者夫妇居住的地方。此句意谓丈夫远去，剩下自己孤独地居住在此处。

▶译文

狮子形的铜香炉中，烧残的香已经冷透，锦被乱摊着，如红浪翻滚，起

身来我懒得梳头。任凭华美的镜匣上积满灰尘，任凭太阳高高照上帘钩。生怕离恨别愁，有多少心事想向他诉说，到底还是没有开口。近来我变得这样消瘦，并不是喝了过量的酒，也不是因为悲秋。

算了吧，算了吧。这回他一定要走，哪怕唱上千万遍《阳关曲》，也终究不能把他挽留。我将思念远方的亲人，独自幽居凤楼。只有楼前流水，会怜惜我整天痴痴地凝眸远眺。从今以后在离别的痛苦中，又要增添一段新愁。

醉花阴 李清照

▶原文

薄雾浓云愁永昼，瑞脑[①]消金兽[②]。佳节又重阳，玉枕纱厨，半夜凉初透。

东篱把酒黄昏后，有暗香盈袖。莫道不销魂，帘卷西风，人比黄花瘦。

▶注释

①瑞脑：即龙脑，是香料名。

②金兽：兽形的铜香炉。

▶译文

天边笼罩着薄雾浓云，我发愁如何消磨这漫长的白昼，兽形的铜香炉里，已渐渐燃尽龙脑香。又一度重阳佳节，我枕着瓷枕卧在纱帐里，半夜，沁透金秋的凄凉。

黄昏后，我独自在东篱边饮酒，菊花幽香袭人衣袖。请别说此情此景不令人黯然销魂，当西风吹卷门帘，你会看到人比菊花还要消瘦。

声声慢 李清照

▶原文

寻寻觅觅，冷冷清清，凄凄惨惨戚戚。乍暖还寒时候，最难将息。三杯两盏淡酒，怎敌他晓来风急？雁过也，正伤心，却是旧时相识①。

满地黄花堆积，憔悴损，如今有谁堪摘？守着窗儿独自，怎生得黑！梧桐更兼细雨，到黄昏、点点滴滴。这次第，怎一个愁字了得！

▶注释

①“雁过”以下三句：古代的人认为，雁可以为人传书送信。这里说它“旧时相识”，是说它曾经为自己给丈夫送过信。写这首词时，她丈夫已经病故，能再托雁儿送信给谁呢？这三句凝集着“正伤心”的怀念。

▶译文

茫茫人海中我苦苦寻觅，那失落的一切，如今又在哪里？只留下冷冷清清的自己，满心凄惨悲戚。忽而回暖、忽而又冷的天气，最难调养身体。三杯两盏淡酒，怎能抵御傍晚凄寒的疾风。鸿雁飞过，正自伤心，那雁儿竟然是旧时相识。

满地黄花堆积，如今憔悴枯萎，哪里还有心思赏菊？守着窗儿，独自一人如何熬到天黑？淋漓细雨打在梧桐叶上，黄昏时点点滴滴，此情此景，一个愁字哪能说尽。

念奴娇 李清照

▶原文

萧条庭院，有斜风细雨，重门须闭。宠柳娇花寒食近，种种恼人天气。险韵诗[①]成，扶头酒[②]醒，别是闲滋味。征鸿过尽，万千心事难寄。

楼上几日春寒，帘垂四面，玉阑干慵倚。被冷香消新梦觉，不许愁人不起。清露晨流，新桐初引[③]，多少游春意。日高烟敛，更看今日晴未？

▶注释

①险韵诗：用冷僻生疏、难押的字做韵脚的诗。

②扶头酒：容易使人喝醉的酒。杜牧《醉题五绝》："醉头扶不起，三丈日还高。"

③"清露"以下二句：刘义庆《世说新语？赏誉》："于时清露晨流，新桐初引。"初引：枝叶刚刚长出来。

▶译文

庭院里冷冷清清，又飘来斜风细雨，我把一重重门儿紧闭。柳媚花娇近寒食，种种天气使人心境不宁。难作的险韵诗已经写成，沉沉酒意也终于清醒，依然是百般无情无绪。飞鸿过尽，万千心事仍是难以托寄。

楼上连日春寒料峭，四面帘幕低沉，明知望远徒增烦恼，我懒得去把栏杆凭倚。被子冰冷，沉香燃尽，一枕短梦已醒，我这忧愁的人也不得不起。早晨清露涓涓，桐叶一片新绿，添多少游春情意！迟日初生，云烟收敛，且看今朝可是晴和天气。